残雪 著

烟城

北方联合出版传媒(集团)股份有限公司
春风文艺出版社
·沈 阳·

图书在版编目（CIP）数据

烟城 / 残雪著. —沈阳：春风文艺出版社，
2023.11
ISBN 978 - 7 - 5313 - 6555 - 6

Ⅰ. ①烟… Ⅱ. ①残… Ⅲ. ①中篇小说 — 小说集 — 中
国 — 当代 ②短篇小说 — 小说集 — 中国 — 当代 Ⅳ.
①I247.7

中国国家版本馆CIP数据核字（2023）第182286号

北方联合出版传媒（集团）股份有限公司
春风文艺出版社出版发行
沈阳市和平区十一纬路25号　邮编：110003
辽宁新华印务有限公司印刷

责任编辑：姚宏越	助理编辑：周珊伊
责任校对：张华伟	封面设计：UNLOOK
印制统筹：刘　成	幅面尺寸：130mm × 203mm
字　　数：153千字	印　　张：8.5
版　　次：2023年11月第1版	印　　次：2023年11月第1次
书　　号：ISBN 978-7-5313-6555-6	
定　　价：48.00元	

目录

烟
城

　　胡三忘不了那座名叫烟城的小城。那一次，他是出差到那里去购买树苗。烟城并不是时时刻刻被烟笼罩，烟的到来是有时间段的，一般来说总是在每天傍晚七点左右。天快黑时，烟一来，小城里的所有建筑物就改变了开关，它们先是微微地扭动着，然后就渐渐消失了。烟慢慢变浓，终于什么都看不见了。虽然待的时间只有两天多，胡三也观察到，人们说话的声音在烟雾中有很大的变化。那就是声音变得很小，带一种私密和怀旧的意味。并且大部分人的嗓音都有点嘶哑，他们对自己嗓音的这种变化还似乎感到欣喜。

　　烟城没有飞机场，只有一个火车站。胡三是晚上九点到达的，那时到处都是烟，什么都看不见，可说是寸步难行。胡三虽然早就听说过这种情况，但也有点猝不及防。幸亏站里的过道旁有一排铁椅子，他连忙摸索着坐了下来。他看不见其他人是如何出站的。正当他坐在那里焦急地东张西望时，一双大手伸过来，提了他的箱子就要走。"喂，喂！请问你贵姓？"胡三一边大声说，一边死死压住箱子。

这时那人凑近他，在他耳边柔声说："多么美好的造型啊，我是说箱子。我是出租车司机，来接您的。"胡三悬着的心落了下来，一只手仍然抓着箱子的拉杆，因为他看不见，要让司机领着他走。两人一会儿就到了停车场。司机帮他放好箱子，他在后座坐下来了。对于胡三来说，车窗外面什么都看不见，但司机将车子开得很快。胡三很快就感觉到车子是在一些小巷子里拐来拐去，但司机一次都没有鸣喇叭，这让他大大地吃惊了。是因为司机眼力好，车技高，还是这些小巷里根本就没有行人？

"您是第一次来烟城吧？以后多来几次就习惯了。来的次数越多，眼力就越好。我们开出租的，就连一只老鼠从路边跑过都看得清清楚楚。"司机说着就轻轻地笑起来，"我们要去的宾馆在市中心。我们的市中心全是一些蛛网般的小巷。"

胡三刚要开口说点什么，车子猛的一下停了。

司机帮他拉着箱子，他紧紧地跟在后面。

他俩进到了门厅里面。他听到司机在说，这个旅馆里的防烟装置，是专为外地人安装的。"我们本地人对烟雾是很欢迎的。"

前台的小姐听到司机的话，便低下头去偷着笑。

胡三掏出证件准备登记，但那位小姐说不用登记，玫瑰宾馆没有登记的程序。她将房门钥匙往他手里一塞，就带他上二楼。"明天早上下来吃饭，一日三餐都可以在这里吃。我们这里是家庭式宾馆，一家人经营的。"小姐很有力气，提着箱子上楼毫不吃力，胡三跟在后面感到不好意思了。

房里所有的灯都开着，天花板很高，空间很大。最重要的是，一丝烟都没有，因为窗户上装着透明的防烟罩呢。胡三松了一口气，在沙发上坐下来。

小姐用与司机同样轻柔的声音对他说："胡先生，我姓早，电话123，有事就叫我。好好休息吧。"

她那苗条的身影像猫儿一样消失了。胡三将门关上，反锁了。这是他的习惯。

胡三坐下来喝茶，喝完茶，便走到窗前去张望。虽然什么都没看见，却也感觉到了市中心的寂静。这种寂静很特别，他虽听不到任何声音，却感到有千军万马正往这边赶来，旅馆随时都有沦陷的危险似的。后来他就从窗户旁走开了，因为压力太大。

他喝了一盒牛奶，吃了桌上的一盘饺子，就去卫生间洗澡。

洗完澡出来，胡三从箱子里拿出相册来翻看。那里面全是一只黄猫的照片。黄猫的眼睛特别有神，像是能一眼洞悉人的灵魂的那种。它其实是一只野猫，因为它老是跳到胡三家的窗台上来讨东西吃，胡三就决定给它拍照了。这猫很怪，一点也不怕相机，高傲地立在那里任他从各种角度拍它。日积月累，就有了这本厚厚的相册。胡三去哪里都带着相册，一来缓解压力，二来它可以沉浸在黄猫的（不是他的）高深境界之中。但此刻不知哪里出了问题，那些相片中的黄猫一律变得表情呆板了，好像全都成了一张照片的复制品一样。任凭他横看竖看，也不是以前那些表情了。胡三闷闷地收好相册，决定上床睡觉，明天一早还得去苗圃，听说比较远。

胡三醒来时天已大亮了。他吃惊地跳起来奔向卫生间。

胡乱洗了把脸，用梳子梳了几下头发，看了镜中那张中年人的脸一眼，他便匆忙更衣。这时他忽然记起了从家中带来的透明眼罩，于是从箱子找出眼罩放进公文包里。

楼下的餐厅里除了这家人家的三个人，还有两位顾客和一个保安同胡三一块儿吃饭。

"胡先生要在烟城开始新的一天了。"早小姐说,"他一定会非常顺利。"

胡三谢过了早小姐,就低头吃早餐了。后来大家都没说话,似乎都在认真地吃。

直到胡三先于大家吃完,往餐厅大门走去时,不知出于什么原因他回过头看了一眼。这一看就把他吓坏了,因为餐桌上的每个人都在怒视着他。他连忙快走,走到前台那里,拿起电话叫出租车。等出租车时,餐厅里的那些人出来了,每个人脸上的表情都像面具一样。他们都进入了前台侧面的一个过道。

又是那位出租车司机来接胡三,这一次他没忘记戴上眼罩。

"戴那玩意干吗?现在没有烟雾。"司机说。

胡三不好意思地取下眼罩,记起了时间段的事。现在他可以随心所欲地看车窗外面的风景了。然而并没有什么东西给他看——那些小巷都很凄凉,两旁是稀稀拉拉的低矮的旧房子,一个人影都见不到。司机告诉胡三,这些人并不住在市中心的家中,他们总是待在郊区,因为他们的工作也在郊区——种玉米和红薯。他们工作完后就到小酒馆去吃饭喝酒,那之后再去玉米地里躺着,在烟雾中聊天,聊着聊着便入睡了。此地气候温暖,不用盖被子,睡在地里闻着烟的香味,真是说不出地惬意!

"照你这样说，烟城是个空城，只有郊区才是真正的城区。真凑巧，我们正好是去郊区的苗圃。"胡三有点高兴，因为马上要看到烟城人的生活实景了。

"话虽这样说，但最有意思的地方还是市中心。"

"市中心？市中心不是没人吗？会发生什么呢？"

"你昨天夜里不是领略过了吗？种种的事情都会发生。"司机笑着说。

胡三觉得司机在卖关子，就生气地沉默了。他闭上眼回忆昨夜的事，回想起那种奇特的寂静，还有千军万马压过来的危险感觉。后来他就翻看了黄猫的相册，发现那些照片全变了样。那两件事之间有什么联系？是否是一种要发生大事的兆头？唉，想不清，也懒得想了。当胡三再睁开眼时，外面的风景已经改变了。

他们已经来到了郊区，但郊区并没有玉米地，也没有红薯地。有几名老农模样的人挂着锄头站在远处，却不是在挖地。他们周围是大片的荒野，杂草丛生，他们站在那里抽烟和发呆。可为什么挂着锄头？真神秘。

"苗圃还有多远啊？"胡三问。

"就在附近。我估计那家人等得不耐烦了。"

"等我？为什么？我并没说今天一定去啊。"

"因为他们很无聊！"司机似乎在责备他，"荒野里的生活是乏味的。每个人都希望换换口味，这是可以理解的。"

但是司机没有很快停车。他绕着荒野往前开。开了一段时间，胡三觉得车子已兜了一个圈。胡三先前看见的那几名老农还是拄着锄头站在原地。

"我们快到了吧?"胡三终于忍不住发问了。

"这就是苗圃吗?"

"当然是。让我停在路边。"

真奇怪，胡三一下车，立刻看见了稻草屋顶的农家屋。这家人正坐在屋前的坪里喝茶，显得十分悠闲的样子。

"这是老胡，你们的顾客。"司机对他们说。

"欢迎老胡，我们等您好久了。"男主人说。

胡三注意到那年轻的一男一女，大概是儿子和女儿，立刻就溜走了，只剩下两位老人。他们请胡三坐下来喝茶。

司机告辞了，说明天再来接胡三。胡三吓了一跳，立刻追问:"为什么明天才来接? 我没打算在这里住啊。"

"你们瞧，老胡多么拘谨，太拘谨了啊!"司机对老人们嘿嘿地笑着说。

"不，不是……"胡三窘迫地分辩说。

司机趁机跑掉了。他发动车子，一眨眼就不见踪影了。

"您是我们的贵客啊，尽管随便吧。"老妇人安慰胡三道。

"这茶怎么样？"她又问。

"茶？好茶！我喜欢。"胡三说。

"这就对了。"夫妇俩齐声说。

两位老人交换了一个会意的表情，显得激动起来了。胡三也激动起来了，他预感到也许某件反常的事要发生了。然而传来了悠扬的笛子声。胡三觉得这音乐同这荒野一点都不相称，那种喜悦，那种活泼，都将人带到富饶的农村景色里。

"您真的是来买树苗的吗？"老头严肃地板起脸问胡三。

"当然是真的。我不是寄了合同给你们吗？"

"合同——"老头翻眼想了想，"对，是有合同，是我儿子签的字。不过我们的苗圃并不栽培树苗。我们什么都不栽培，您听说过这种苗圃吗？"

胡三的脸涨得通红。老妇人在一旁为他添茶，口里说着安慰他的话。胡三在心里迅速地做出了决定：既然买不到树苗，又不能马上离开，那么就入乡随俗吧。

喝完茶，老头说要带胡三去参观一下苗圃。"不能让贵客白跑一趟。"他说。

胡三跟随老头出发，两人都戴着老妇人拿来的草帽，因为老头说烟城的太阳毒性很大，不戴草帽就会头晕。

他们绕荒地走了很久，胡三觉得这条路就是他在出租车上经过的同一条路。举目四顾，根本就看不到苗圃的影子。这块荒地好像占据了方圆十几里。走路很无聊，但胡三不敢抱怨，他可不想得罪老头，因为夜里还得睡在他家呢。只好闷头行路。

老头忽然就高兴起来了，用力拍了几下手掌。胡三立刻看见了他先前见过的那三位老农，他们仍然挂着锄头站在荒野里，只是已不再抽烟了。

"苗圃，苗圃到了啊！"老头说，"我姓翁，您叫我老翁吧。"

老翁领着胡三，一路踏着乱草往那三个人走去。

他们靠近时，那三个人就欢呼起来。

"哈，老翁来了！还带了一个学徒来！真是热心肠的老头啊！"

老翁告诉那三个人说，胡三是来烟城买橙子树苗的。可惜他自己的苗圃已经荒废好多年了，没法满足客户的要求。

那三位老人都显出关注的表情在侧耳细听。

"橙子树苗，太好了，我的苗圃里有！"一位老人叫起来，"不过现在还不能卖，我家儿子不会同意。要等烟雾下来才可以，那时我带客人偷偷去苗圃里挖。"

胡三有点为难，他说他还没与这位老人签合同，再说他也没带现款。

"老胡啊，"老翁拍着胡三的肩头说，"不要管那些繁文缛节了。我们这里是烟城，烟雾一下来，就什么问题全解决了。他们三位在这里等了一上午，就是等您这位贵客！"

原来这些人是在等他！等他来买树苗？为什么？看来老翁早就同他们说了树苗的事，要不他们怎么会站在路边等？

跟随四个人去有苗圃的那一家时，胡三不断地在心里警告自己："入乡随俗，入乡随俗……"

一到那家其他三人就告辞了，就连老翁也走掉了，他将胡三转让给这位叫老为的老头。胡三注意到老为显得很感激的样子，大概这是他生活中的乐趣吧。

老为的家不如老翁的家气派，房子矮多了，还有点破败，屋前的土坪也很小，坪里栽着一棵苹果树苗，好像快死了。但老为兴致勃勃地请胡三进屋用餐，因为已经是吃饭的时候了。于是两人进了黑黑的堂屋，在一张很大的餐桌边坐下来。

老为的妻子是驼背，一会儿她就将饭菜端上了桌。

胡三已经很饿了，也不用他们劝就大口吃了起来。饭菜很可口，反正也看不清，好像是一盘羊肉，一盘猪大肠，他只管低头猛吃。

"老胡见过烟雾了吗?"女人问他。

因为口里塞满了菜，他就连连点头。

女人高兴地笑了，指着胡三对她丈夫说："真是个好样的!"

吃完饭老两口又请胡三喝茶。他们说此地都是这样消磨时间的，因为白天里没有烟雾的刺激，大家有点松懈，要靠喝茶来提精神。再说喝茶也是种享受，他们很喜欢享受，这也是烟城人的特点。

于是胡三又开始喝茶。一杯茶喝下去，他的精神并没有被提起来，反而觉得晕晕乎乎的，连眼睛都睁不开了。迷糊中听见驼背老妇人在拍他的背，说些赞扬他的话，后来他就什么都不知道了。

胡三醒来后发现自己躺在一间小房间的床上，他躺的小床的对面还有一张床，上面也躺了一个人，他猜测是这家的儿子。

"您好。"胡三招呼他说。

"您好。"那个人转向胡三，"我是小桔。您是来度假的吗?"

"是啊。外面下烟雾了吗?"

"下了。现在是最浓的时候，您快出去看吧，到处都是美景。"

胡三从公文包里拿出透明眼罩戴上，走到堂屋里。他的样子把两位老人吓了一跳，他们说他像一个强盗。胡三听了有几分得意。

他跟着老为到了外面，老为凑在他耳边说，他们这就去苗圃。

因为戴了眼罩，眼睛就不疼了。可是胡三觉得自己像盲人一样，他只能厚着脸皮抓住老为的手臂不放。他听到黑地里有些小孩在讥笑他说："这个人，看这个人……"

他们走了一段路之后，老为突然问胡三："您究竟来这里干什么？"

胡三说是来买树苗，有合同为证。

"这您已经说过了。不过那是个谎言，对吧？我们这里没有苗圃，也没有人卖树苗，那不是我们的工作。您应该觉察到了吧，老胡？"

"不，我还没有觉察到。请问您是干什么工作的？"胡三问。

"我的工作就是让你领略烟的魅力。我们烟城人都是从事这种工作的。"

"那老翁也是吗？还有出租车司机？"

"全都是，我们站在野地里等您，一直等到老翁将您交给我。您觉得这烟如何？"

"美极了。"胡三脱口而出。

他透过眼罩慢慢地辨认出一些人影在他前方游动。他们的脚步都不踩在地上，而是离地有一点距离。胡三羡慕这些腾空的人，他看到老为也在烟雾中腾空了，只有他自己还踩在地上走，并发出刺耳的脚步声，好像他在拖着脚行走一样。他暗想，原来烟城人是这样得天独厚的啊。他们的身姿多么灵活，摆动的幅度多么大，这与在地上行走的人是完全不同的。他记起刚下火车时，他并没有看到这一幕，因为那时什么也看不见。看来他是在慢慢地变化啊，会不会于短短的几天里变成烟城人？

胡三仍在死死地抓住老为的袖子，他感觉得到老为的浮动，而他自己的双脚则一直在擦响着地面。这令他感到沮丧，他在心里诅咒自己。

"过了这个路口就是南园。"老为兴致勃勃地说，"到了南园，您可得紧紧抓住我。在那种地方，每个人都有可能飞走。万一我飞走了，您不就找不到回去的路了吗？"

胡三听他这样一说就紧张起来，他问老为走丢了的话有没有危险。

"危险倒没有，但您就白来了一趟。"老为说这句话的口气有种嘲弄，胡三听了很不舒服。

　　一会儿老为就说他们已经到了南园。胡三以为会遇见许多人，可是没有，只有他俩在一个空旷的地方跑动，兜圈子。老为的脚步也不再离地了，他同胡三一块儿慢跑，口里还喊着："一二一！一二一！"

　　胡三很快就跑累了，站在那里喘粗气。因为吸进了太多的烟，他猛烈地咳起来。

　　老为一点也不累，他看起来训练有素，甚至用力呼吸，将烟雾吸进肺部。当他跑了一个圈，经过胡三面前时，他大声说道："真是痛快淋漓啊，难道您不觉得吗？"

　　跑了好几个圈之后，老为终于停下来了。他对胡三说，他今天终于满足了多年来的一个愿望，这就是向外地人展示烟城的美。

　　胡三停止了咳嗽，抬眼看向前方正在滚动的白烟，发现那一团烟当中至少有七八个人也在跑步，他们的脚步都落在地上，整齐而均匀。当他们经过胡三和老为身边时，胡三凑近去打量这些人，结果发现他们的表情都显得很陶醉。

　　"你们以什么主粮为生？"胡三想出了这个问题。

　　"玉米和红薯。"老为平淡地说，"烟城的土很肥，这些庄稼用不着照料。"

　　老为问胡三想不想回家，每天这个时候他总在外面走，一直走到下半夜才回去。因为外面的景色太美了。

胡三说他也有同感，他愿陪着老为，他现在也感觉到了吸进肺里的这些烟令他通体舒展、振奋。

胡三的话显然令老为很欢喜。他开始凑近胡三，用很小的、嘶哑的声音说话了。那就像情侣之间的低语。一开始胡三还有点不习惯，后来就听顺耳了。

"瞧左边那个花园，那就是南园，是我们青年时代开发的一个苗圃，从前里面有多种树木，我们靠卖树苗为生。南园是被我们集体遗弃的一个苗圃……我，老翁，还有很多人，我们都羞于谈这件事。南园里的树苗消失了……可这块地还在这里，我已经指给您看了。您要挨近去看看吗？太好了，您跟我走吧。"

胡三仍然紧抓老为的衣袖，他们一块儿朝那边走去。

一路上又遇见了一些人，胡三听到他们柔和低沉的说话声，他们应该离得很近，但因为烟雾，胡三看不见他们。

这时有一件事发生了。就在那团烟雾最浓之处，胡三的双脚踏空了。

"该死！"胡三听见老为在旁边诅咒。

他俩一块儿落下去了。胡三压在老为身上，他觉得自己将老人压坏了。可是当他挣扎着要脱离老为时，老为却紧紧地抓住他不放。

"小兄弟，我可是钢筋铁骨，压不坏的。"老为凑在他耳边耳语道。

胡三干脆懒得挣扎了，就躺在老人身上。老为还在对他耳语："这就对了啊。"

"这是什么地方？"胡三问。

"嘘，小声点。我不是告诉您了吗？"

"南园？"

"对啊。从前的苗圃，现在的公墓。我们运气好，一来就掉下来了。我爷爷就在我身下，他抱怨我刚才撞了他的背。"老为的声音越来越小，他好像睡着了。

胡三终于挣脱了老为。他觉得老为一定很累了，要让他好好休息一下。

有两个人在旁边交谈，似乎是妩媚的女人，声音时断时续，像在哼歌一样。

其中一位忽然停了下来，惊恐地小声说："这里有陌生人？"

胡三听见一阵窸窸窣窣的响声，那两位走开了。胡三明白了，他在这里不能乱走，会干扰别人。他得老老实实地待着，等老为醒来。

他耳边传来老母鸡梦呓的声音。不，不是，是老为。

胡三凑近去，就听见老为在含糊地说："这些烟啊，真让人享受啊，老胡吸到了吗？"

"我吸到了……"胡三对着老为的耳边柔声回答，他对自己的声音感到惊异。"我一直以为，"他又说，"烟雾是要躲避的东西。瞧我多么无知！现在我也躺下了，就在您的旁边，您觉得怎么样？"

"您不要管我。您将您的腿缩回去一点吧，它妨碍了我的思考。"

虽然没人看见，胡三还是感到自己的脸在发烧。他为什么这么幼稚？如果他不来烟城，他是感觉不到自己性格中的幼稚的。这时他听到那两位女人又过来了。

"他加入我们当中来了。"其中一位用欣慰的口气说。

"可是这个人的脸太难看了。居然戴了眼罩，像外星人一样。但愿老为对他有好的影响。"

她们说着话就走过去了。胡三想，老为在思考什么问题？当他躺在这老人旁边时，他就感到了老人思考的那种东西，他说不清那是什么，只知道是一种进不去又出不来的感觉，将那种意境称为"南园"真是再合适也没有了。可南园又是什么？他想知道。

老为忽然坐了起来，声音也响亮了。

"它来接我们了，美丽的小信使。"

"谁？"

"南园。它也叫南园，我家的小黄狗。您瞧它多温柔。"

那只狗在胡三的手背上舔了又舔，果然是一只多情的狗。

他俩站起来准备回家了。胡三又挽住老为的臂弯，他感到十分惬意。

胡三问老为他能否取下眼罩，因为本地人不喜欢他戴这个东西。老为让他试试。于是胡三一把摘下眼罩。本来他以为自己的双眼会受不了，但一点事都没有，只是仍然看不见，所以仍要挽着老为。而老为也十分乐意让他挽着。此时胡三在心里想，这烟城真是个奇妙的地方！

回到家里时烟雾已散，老为告诉胡三现在已是上午九点，问他是否要休息。胡三说自己精神抖擞，根本就不需要休息。他想赶回旅馆去，因为他还想在回去之前好好地欣赏一下市中心的市容。

"有必要，有必要！"驼背女主人像鸡啄米一样连连点头。

吃过早饭后，老为说他要送胡三一程。再说出租车司机还在睡觉，他愿意同胡三到外面走一走。

外面阳光灿烂，胡三感到眼前的风景完全变了样。路边是一望无际的玉米地，地里睡着一些男人和女人，和煦的阳光透过玉米叶洒在他们身上，他们全都睡得很沉。

胡三问老为昨天那片荒野怎么不见了，老为说这就是那片荒野，烟雾是可以让风景变形的。胡三听了感慨万分，忍不住表白说，自己愿做一个烟城人。

"好嘛好嘛。"老为说，似乎有几分在敷衍胡三。

后来老为忽然想起了一件事，他对胡三说，夜里他带他去南园时，忘记在他们到达的地方做一个标志了。"要知道每次抵达的处所都不同。"他忧心忡忡。胡三就建议他赶回去补一个标志，他们只不过离开三个小时，他应该还记得那个地方。

老为听他这样说，拔腿就往回赶。

于是胡三一个人站在路边了。他在等出租车来接他。

"喂，你！你不是昨天那人吗？"有人在玉米地里对他吼叫。

这名男子穿着粗布短衣短裤，显得很结实。

"您好！我是昨天来购买树苗的顾客。"胡三恭恭敬敬地对他说。

"购买树苗，我的天！哈哈哈……"他狂笑起来。

他在玉米地里窜来窜去的，一会儿就不见了。

胡三不知道他为什么要笑他，难道这里面有什么阴谋？可他好好的，也并没有被骗走什么东西啊。相反，他还学到不少知识呢。虽然他学到的是哪方面的知识暂时还不清楚，还要好好思考。

有人在扯他的衣袖，回头一看，司机已经将车停好了。胡三连忙上车。

"昨夜很忙吧？"司机问。

"唉，一言难尽啊。"

"所有来这里的客人全这样说。您以后还来吗？"

"我？我还不知道。我需要想一想。"

"您多想想吧，这可是个复杂的问题。"

他又回到了玫瑰宾馆。坐在前台织毛衣的早小姐看见他来了又捂着嘴笑。

"我的样子很蠢吧？"他对早小姐说。

"当然不！"她肯定地说，"我倒是觉得您会爱上我们烟城。"

"早小姐说得对，我已经爱上了烟城。"

房里的透明窗罩已经收起来了，从窗口看出去，可以看到很远很远，毫无遮挡。他辨认了一会儿，竟然看到了自己的家乡。那些熟悉的三层半矮楼，每一家都有一个炮楼般的瞭望台。胡三从未见过第二个像他家乡的城市。他不明白他的眼力怎么一下子变得这么好了。他一栋楼一栋楼地看过去，却没看到自家的那栋，他有点失望。

早小姐在门外高声叫他下去吃饭。他连忙洗了把脸，匆匆下楼了。

连他一块儿共有七个人吃饭，大家都在好奇地打量他。胡三想，他脸上有什么东西好看？未免小题大做了吧。早小姐坐到他旁边来了，她悄声说："我看出来了，您要将烟城玉米地里的老乡带到您的家乡去，对吧？在那边，在漫长的冬夜里，您需要陪伴。"

"您真是旅客的知心人。"胡三也悄声回应她。

"我妈也这样评价我。"

吃完饭不久胡三就动身回家了。没有人送他，可是他感到宾馆一家人，还有那保安，都在盯着他的后背。

火车开出了好远，胡三还一直躺在卧铺上同早小姐进行那种想象中的对话。

"请您说说对我们烟城的具体印象。"早小姐说。

"这种事真不好说。我爱它，愿意一直同它玩游戏。"

"哈，您是个有趣的人。我们宾馆的房间会总是为您留着。"

石头村

　　从二三十年以前开始，我们乡下的土地就变得越来越贫瘠了。大大小小的石头不断地从土里面长出来，而泥地就被这些石头分割成了不规则的形状。真是不可思议的事啊。我们这里是丘陵地带，原来的土质就很差，只能种些红薯、土豆和豆类，收成惨淡。后来因为地里长石头，庄稼的收成就根本没法保证了，颗粒无收的情况间或发生。

　　为了避免饿死，我们的父辈开始外出做工。在我小的时候，绝大部分人都是去外地弹棉花被为生。也有小部分人卖粘糖。卖粘糖的生意显然不如弹棉花被的生意赚的钱多，不过弹棉花被的活计损害健康，工匠们大都患着严重的气管炎，有的还有哮喘病。村子里冷冷清清，除了种些蔬菜自己吃，大片的地都荒废了。也没有谁觉得可惜，因为地里长满了石头，我们这个大村后来改名为"石头村"了。只有妇女和儿童留守在这里，男人们都外出做工。连老男人都出去了，只有病人和快死的男人才不外出。

我的年纪还小，所以我就同妈妈和妹妹待在家，爹爹和哥哥到外省弹棉花被。实际上，我心里也暗暗地渴望去外省。待在村里有什么意思呢？每天都是那几件事：喂猪、浇菜、打柴等。一点新鲜事都没有。每天看见的，都是村里那几张愁眉苦脸的老面孔；听到的都是邻居之间的吵骂声。有一天我因为贪玩忘了喂猪，还被妈妈追打。想想看那有多么丢人！

闲下来的时候，我就同妹妹谈起想要逃走的事。

"苕，你没手艺，怎么能出去呢？那会饿死的。"银秀慢吞吞地说。

我们最怕的事就是饿死，所以我一说要逃走，银秀立刻就想到了这件事。

"我是没手艺。可是我听说在云南，你可以去山上开荒。山上的野果子也很多，溪水里还有鱼，随便吃。"

银秀扑哧一笑，说："苕，你是个梦想家。"

我们一起来到菜地。我挑水，她用勺子浇那些豆角。

我发现白菜地里又长出来一块石头。那石头还不小，几乎占去了这一畦地的四分之一。就在前天，这石头所在的地方还生长着白菜呢，现在白菜也不知到哪里去了，只有这扎眼的灰色的石头立在那里。

"看……看……"我结结巴巴地指着石头对银秀说。

"有什么好看的，我一个星期以前就看见了。"银秀冷笑一声。

原来是这样，她早就知道石头在长出来。她在认真地劳动，瞧她那处变不惊的样子，同我的差别太大了。这一刻，我开始怀疑自己到了外省是否有能力生存下去。

银秀浇完水，走到我的身边，我们并排站在那里。

"这些石头，是不是在赶我们走。"她小声说。

"别担心，银秀，我暂时不会走。我还要想一想。"我安慰她说。

"苕啊苕，你得将里里外外都想个透彻。"

银秀站起来，先回屋里去了。她那孤单瘦小的背影令我鼻子发酸。多少年里头，我们一家五口人很少吃饱过饭。我们究竟是为什么守着这些石头呢？难道真的没有地方可去了吗？爹爹和哥哥走南闯北，一定对这事做了调查吧。银秀是个多思的女孩，对此事也一定想得很多。唉唉，真绝望啊。我从很小的时候起，就学会了倾听石头从地里长出发出的那些声音，耳濡目染嘛——爹爹每天都要倾听。我们坐在院子里，爹爹在摸黑打草鞋，他会忽然说一句："苕，你听，又一块，昨天冒上来的，在晒黄豆的那里。"或者："苕，土豆地里的碎石子又多起来了。不过土豆贱得很，照样长。"我知道大石头的生长比较慢，在地里发出"喳——喳——喳——"的挤压声。小石头则很灵活，四处窜，发出"嘀溜，嘀溜"的欢快的声音。第二天早上，爹爹会叫我去看这些夜里长出来的家伙。不过这么多年里，我还是第一次看到像白菜地里这么大的石头。这块石头有一种气势，好像一个巨无霸，要把我家的菜地全部占领似的。

我在厨房里剁猪菜，听见妈妈隔一会儿就重重地叹一口气。后来我忍不住了，就放下刀，走到堂屋里去问她。

"妈妈，现在我们都已经长大了，为什么您还这么操心啊？"

"茗，好孩子，你能为我着想了。你们的确是长大了，可是这里是穷山恶水，你们待在这里连饭都吃不饱，有什么出息呢？"

"妈妈，您知道吗，当我有时说起想离家出走时，银秀就劝我说要我'将里里外外都想个透彻'？谁能有银秀这种眼光？"

"真的吗，茗？银秀真的说了这种话吗？我的天啊，银秀这孩子……我是想说，她说出了我的心里话！我真想大哭一场。"

她抹起眼泪来了。我连忙劝妈妈不要哭，我说我们不都好好地待在家里吗？待在家必有待在家里的理由，可见银秀是知道那些理由的。我不知道也没关系，她一个人知道就够了，她以后会告诉我的。

可是妈妈不听劝，她到自己卧房里伤心去了。我听见那卧房里不时传来啜泣声。唉，我的妈妈。她哭，为银秀的早熟和过早的担当。我立刻想到我和银秀不是也有另外一种童年吗？那并不是那么不幸的，那里面也有欢乐。那时银秀八岁，我十岁，银秀发明了一种"储藏好东西"的游戏。我看见地里新长出的一块大石头上面有一个深洞，可以将手伸进去摸到底。银秀就说要去家里拿一点好东西藏在这个洞里，这样我们两个人就有个念想。银秀提议的这个游戏让我非常激动。可是我们这个简陋的家里会有什么好东西呢？想来想去还是没有。如果吃的东西藏起来，家里也许就会有人要挨饿；如果藏起妈妈的那个亮闪闪的金属顶针，妈妈就会气得发疯。这个时候我突然灵机一动，说："我们可以储藏一些金条，等大饥荒到来时拿出来去换食品啊。""金条？"银秀茫然地睁大眼重复了一句。我带领她冲向柴棚，我们挑选了一些比较好看的豆秸秆，然后再偷偷地溜到红薯地里，将豆秸秆放进大石头的那个洞里。这神不知鬼不觉的游戏令我和妹妹接连好几天精神亢奋，两人偷偷地笑个不停。后来我们还储藏过瓦片和酸枣核，没有成熟的野栗子等，每一次都有一些意外的新奇感。然而过了三四年，那个石洞竟然消失了，它自己长拢了。当然我们的年龄也大了几岁，不再为这种事着迷了。

啊，那些石头！有多少个夜晚，它们密密麻麻地布满了我的大脑里的那些深壑。当我在黑暗中摇动脑袋时，它们就发出各异的响声，我知道我脑袋里面的那些石头就是外面的石头，它们是串通一气的。有一天半夜，我将脑袋在枕头上擦来擦去的，然后我猛一睁眼，看见我上面一个黑影正朝我弯下身。"谁？"我惊慌地问。是我妹妹。她发出悲苦的抱怨，说这些石头将我们的活路全部堵死了。我想出了一个安慰她的理由，我说如果我们将自己也看作石头，与石头一块儿待着，又一块儿移动，就会活得下去了，说不定还会产生乐趣呢。"真的吗？"银秀迟疑地问道，说完就回她的卧室睡觉去了。后来她到底有没有照我说的去做，我不得而知。但是我知道她变得城府很深了，甚至深得我没法理解。

再回到妈妈吧。妈妈在房里哭了一阵，就拿着正在打的鞋底出来了。她坐下来打鞋底，可我知道她的思绪已飞到了老远的地方。

"你的爹爹和哥哥，迟早会死在外边。"她幽幽地说。

"如果他们找到了更好的地方，我们能不能全家迁移？"我试探地问她。

"我想，不会有更好的地方。"妈妈淡然地说。

"比如说，一个吃得饱饭的地方？"我进一步提示。

"我们现在不是也没饿死吗？"她古怪地笑了笑。

我想，她刚才不是还在悲叹我们的命不好，连饭都吃不饱吗？怎么现在又转变得这么快？她的意思是同银秀一样，不赞成我逃离家乡吗？她俩认为只要不饿死就应该坚守在这里吗？好像是这样。而且她说起爹爹和哥哥的口气来，也像是确信他们必定会以家乡为根据地，长年在外做苦工。那么，家乡究竟有什么特殊的好处，使得我们连想都不要想离开它？

我无意中发现我们的老宅的地基那里长出了一块不大不小的石头，它正在向上顶，地基由此裂开了一条宽缝。这件事发生在爹爹他们回来过年的时候。我感到家里人全都发现了这个现象，但他们装作没事一样。这一来，我反倒不好意思提起了。也许这是稀松平常的事，我是在小题大做了？两个月之后，我发现我们的两层楼的房子发生了厉害的倾斜，当时爹爹他们已经外出做工去了。妈妈和银秀必定也是发现了这个现象的，但她们守口如瓶，似乎连一点危机感都没有。尤其是银秀，有一次还将楼上的大柜推倒了。当时我在一楼睡觉，我以为地震发生了，跳起来，赤着脚向外跑，一直跑到院子外面，站在那里观察我们的房子。我看见房子像陀螺一样转动（也可能是我眼花了），然后就停在了原地。再过了一会儿，又看见银秀打开大门，慢吞吞地走出来了。我跑过去问她知不知道我们的房子是危房。她淡然一笑，说："危房很好嘛。要倒掉才能盖新房。"她告诉我说，她不喜欢我们的红砖房，做梦都梦见那种石窟，觉得那种地方才有归属感。但家乡没有那种巨石，所以也没有可能修建石窟。我问她，难道你一点都不怕我们的房子倒塌吗？她说那种事是不可能发生的。她还说如果我仔细观察的话，就会发现我们的房子同地下长出的石头已经结成一体了，所以不论房子倾斜得多么厉害，也不会倒塌。地下的石头体积是很大的，不过还不是巨石。"哪里才会有巨石呢？"她自言自语地叨念着。

妹妹的话让我无比震惊，也让我一度消沉。我深深地感到了自己的无知，也感到自己的眼光太差劲。而且我没有任何预见力。后来我做了一个梦，我梦见家乡的土地全部变成了各种石头，再也没有地方种庄稼和蔬菜了。我在梦里向妈妈抱怨说："你们那么看重石头，现在如愿了吧，全变成了石头！"妈妈就批评我，说我看花了眼，说我的眼光远不如银秀厉害。她这样一说，我就沮丧得不行，于是伸着脖子学老鸭叫，叫了又叫，一直到自己醒来为止。

我在厨房里煮猪潲时，妹妹走过来对我说："苕，你学会爆发了，这是很好的。你见过石头爆裂吗？"

我说没见过。

"那我明天带你去看看吧。"

然而那块石头不在野地里，也不在蔬菜地里。它就在妹妹的后脑勺那里，头发底下。她拨开厚厚的头发让我看，我便看见了圆形的石头从头皮下凸出来，大约有鹌鹑蛋那么大。我用手指在它上面抵了一下，感到了它的坚硬。

"它总在爆裂。"妹妹扬着头自豪地说，"我的脑袋正在变成石头。"

她的话令我感到毛骨悚然，又有点悲哀。可她看上去那么坦然，这石头大概完全不影响她，说不定还对她的思维有益呢。我抑制着自己的情绪，竭力用开玩笑的语气对她说："这就像长出了一个角一样，你要变成魔鬼了啊！"

"我总在想着凿出一个石窟来的事，结果呢，就变成这样了。到了半夜，噼噼啪啪地响个不停，倒是驱散了一些恐惧。苕，你还记得我们的白菜地里那个储藏室吗？那洞穴消失后我伤心了好长时间呢。"

"原来是这样。银秀，看来每个年龄段都有一种游戏啊。"

我俩一齐大笑，既伤感，又隐隐地为什么事激动。

妈妈显然也知道这件事，不过看上去她并不为妹妹担心。她说过我们待在家乡不会有出息，当时她那样说可能是在试探我。我们家的这母女俩，对于世事有很独特的见解，她们说出来的话滴水不漏，我这种人必须想了又想。那么有关地里长石头的事，是祸是福呢？一想到这上面，我的思路就成了死胡同。

现在，由于土地贫瘠，小山包上的猪草也越来越稀少了。我气馁地坐在光秃秃的坡上，将目光扫向几乎都成了石头山包的整个地区，在心里回忆着夜间的那些奇遇。割不到猪草，我以后多种些菜给猪吃吧。可是能够种菜的土壤也在减少啊。我们全家人都在等一件事发生。我也在等，但我完全不知道那是什么事。我觉得他们是知道的。有时我忍不住问银秀，银秀就说："那就是你天天在做的事嘛。"

那么，是指夜间在石头缝里的那些巡游吗？那会导致什么结果？像她一样从脑袋里长出角来吗？有几夜，我故意不去想那些石头，因为心里还是有点恐惧。奇怪的是，近来我不再想从家中出逃的事了。因为一夜又一夜地同脑袋里的石头打交道，我对自己的身体的变化渐渐地有了一种预测。不，我不是暗示我的脑袋也会像妹妹那样长出角来，我的身体的变化会是另一种。具体会是什么样，我现在还没有把握，只是隐约地感到我要待在家乡大概同这有关。

有一天我起得很早，因为我要赶在太阳出来之前清理完那块菜地。我用二齿锄不断地挖下去，但小石头仿佛越挖越多了。这是怎么回事？

"土呢？土壤在哪里？"

有个人老是在旁边问我这同样的问题，可我见不到他的身影。后来我听得有点烦躁了，禁不住大吼一声："你是谁？请站出来！"

"也可以反过来追问，将视线对准自己的脑袋。"

那人不动声色地说了这句话，就没再说话了。也许他是个鬼，早就将人间的事弄得一清二楚了。他的问题引起了我的思考。我想，既然我连家乡的这些基本的事都没弄清，真的出走他乡的话，恐怕结果很不好。我也不是害怕自己的结局不好，而是家乡有无数的问题包围了我，我里面起了一种变化，我对这种变化有好奇心。因为这好奇心，我希望自己待在原地静候，直到有一天它显现出来。

我一边想问题一边慢慢挖出那些土里的石头。太阳出来时，我发现我在做无用功，因为土里的石头还是同样多，甚至还更多了。后来银秀出来了，她说："没必要掏这些石头了。我早就发现我们家的菜也好，红薯也好，豆子也好，都可以在石头上扎根生长。苕，这件事发生有几个月了。今后我们吃饭的问题解决了。"

"真的吗?"我激动地问，"你肯定?"

"等会儿我们一块儿去收地里的胡萝卜，你就会看到它们是如何洞穿石头的。"

"我的天! 我的天啊……" 我喃喃地说。

我和银秀一块儿坐在厨房吃早饭时，发现妈妈的表情喜气洋洋的。

"你们爹爹和哥哥的流浪结束了。没想到还有这样一天啊。"她说。

"苕，你的表情同地里的那些石头越来越相像了。"银秀赞赏地看着我说。

"石头还有表情啊。"

"要盯着它们看才看得出。我还以为你老盯着它们看呢。"

"我还从来没……唉，我怎么总是忽略要紧的事。"我懊恼极了。

"你看或不看都没关系，苕，你就是像它们。"

我的问题已经被银秀解答了。我们在地里拔胡萝卜，每拔出一根都带出一块小石头。这些胡萝卜，它们熬完了苦日子，获得了生机。

"所有的蔬菜，"银秀手一挥，在空中画了一个大圈，

"还有庄稼，今年都长得特别茂盛。"

难怪爹爹和哥哥要回家了啊。多么好啊！可这些事是如何发生的呢？我从来没有听到村里人议论过关于土地、石头，关于地里的出产这类事，似乎他们都比较麻木，只会默默忍受。不过我看到的也许只是表面现象吧，或许只有银秀才知道内幕。是不是村里每个人都像我一样做那些关于石头的梦？所有的人都在苦苦地维持，没有移民的事发生，他们也许早就预感到守在家乡图的是什么。越往深里想这事就越复杂，我甚至有点害怕了。回想起刚才地里的那些胡萝卜，我突然汗毛倒竖。现在我的脸上是什么表情？啊？我拿出那破旧的小镜子来照，可镜子里并没有我的脸，只有我身后的墙。

深夜里，我听到了另外一种沙沙的响声。那不是石头的声音，是由植物发出来的。对，就是生长之力。家乡的这些营养不良的植物，看上去柔弱，瘦小，却暗藏了一股奇怪的幽灵般的定力。多少年都过去了，直到今天，它们才开始一点一点地改变世界。我还听见妹妹的声音从楼上传下来："小山包上的猪菜又长出来了。苕，你的运气不错啊。"她似乎很兴奋。唉唉，我们这一家人啊。我的脑袋又开始在枕头上擦来擦去的，我想听听那些深壑里的石头做出什么样的反应。但它们似乎很警惕，待在那下面一动不动。

起风了，屋子有些颤动。我记起了这屋子是倾斜的，也记起妹妹说过它同屋子下面的巨石是连成一体的。那么，这屋子成了一个摇篮，我们都可以安稳地入睡了。不过我却没有睡意。我睁着眼，猜想妹妹在楼上入睡了没有。她没有睡，她在楼上踱步，她的脚步似乎很轻松。就在这时，我从窗口望出去，看见一只大鸟从上面扑下来，落到了地上。是妹妹！我立刻反应过来，向外跑去，一边跑着口里还一边喊。

"嘘，别喊！你会吵醒妈妈的。"她说。

"银秀，你什么时候学会了玩杂技？"

"这不算什么，练一练就会了。钻地才难呢。"

"你要钻地？"

"莫非你没想过？你的脑袋在枕头上擦来擦去的是干什么？来，我带你去看一个东西，是爹爹回来时带我去看过的。"

因为天上有明月，走夜路也不费劲了。银秀说，我们要进山。

其实那个东西就在靠近山脚的地方，我们往上爬了一小段路就看见了它。它是新长出来的一块巨石。在这个地区，我还从未见过这么大的岩石呢。这座小山包我很久都没来过了，它的变化令我吃惊。

"你紧跟着我吧。"银秀说，"不要停下来。"

我们站在石头上的一个圆洞前。她先爬进去，我跟随她。我们像狗一样慢慢地爬。那个洞拐了几个弯。银秀的速度变快了，我跟不上她。我觉得自己裤子的膝头已磨破了，但又无法直起腰来站立。啊，她离开我了，这太可怕了。我想退出，但我没学会退着走的步伐。在极度的疲劳与恐惧中，我躺下了。银秀为什么要把我带进这样一个阴森的洞里来？当然不是害我，她心地善良，并且爱我。我仰面躺着，用双手和脚后跟蹭着，一点一点地倒退，想退出去。可是到了转弯处时，竟然转不过去了，因为那地方被堵死了，不再有洞。看来这里不是我原先跟随她来过的处所，我走到另外的洞里去了。我眼前闪着金花，头晕得厉害。

"银秀！"我喊道。

我一喊，她就答应了。她似乎就在附近，但隔着厚厚的洞壁，她同我已不在一个洞里了。这个诡异的岩洞，我怎样才能出去呢？我又叫了她一声，她又回应了，我还听见她在说："苕，你在这里睡一觉吧。多么好的机会！这就是我说的石窟。"

却原来这就是她所向往的石窟啊。是她凿出来的吗？不太可能。这种工程连我、连哥哥都做不了。那么，是原来就有的。这里面这么逼仄，又这么曲里拐弯，却合了银秀的意。现在外面大概还没天亮，我试着闭上眼入睡。不，不可能。我太清醒了，就连脑袋里的那些深壑都消失了，那里面亮晃晃的。不过我还是欣赏不了银秀对这种石窟的爱好。我又叫了她一声。

"苕，你太急躁了，要静下心来细细体会。石窟这种造型的房子，村里有好多人想来住，可他们找不到入口。这是爹爹给我的优惠。"

我听从妹妹的安排，慢慢地静了下来。我感觉到了一件事，这种岩石一点也不阴冷，而是微微发热，就像它还残留着从地底涌出时的温度一样。的确，只要内心不急躁，躺在这温暖干燥的石洞里还是舒适的。我着什么急呢？妹妹就在附近，她绝不会丢下我不管，我总有办法爬出去的。那一定是一个非常简单易行的办法。意志一松懈，瞌睡就袭来。

我是在山脚下的枯叶中醒来的，银秀就在我旁边。我想问她关于石窟的事，可她支支吾吾的，不乐意回答我。我只好闭嘴。

我们一块儿回到了家里。银秀立刻到厨房做早饭去了。

我坐下来剥毛豆。一会儿妈妈也从楼上下来了，她显得很高兴。

"苕，我夜里得到消息，你爹爹他们已经起程了。真

是没有料到啊，就像传说中的'衣锦还乡'一样！你料
到了吗，苕？"

"我料到了，妈妈。是昨天夜里料到的。"

"昨天夜里——我明白了。太好了。"

"妈妈，您明白了什么？"

"我想是，好事降临到家里的每一个人头上了。"

　　爹爹和哥哥挑着弹棉花的工具走进院子时，我和银
秀刚从那个石窟里出来。我们已经适应了睡在那里面，
所以醒来后就变得精神抖擞了。

"终于盼来了这一天。"爹爹喝了一口茶，兴奋地说。

"爹爹，你们不走了吗？"我问道。

"不走了，因为这些石头啊。苕，你知道你和银秀栖
身的那个石洞通向什么地方吗？"

"我不知道。"

"它啊，通向——不，我不说了，这是个机密。现在
一家人团聚了，再也不分开了。我们走了那么多地方，
每个地方都有石头，有的地方多，有的地方少。每一块
石头都是信使，所以我们的消息特别灵通。"爹爹说完就
闭上眼沉默了。

　　我们都知道他还在石头的世界里漫游。妈妈笑得合
不拢嘴。她隔一会儿又要大家瞧屋基下面的那块大石头。

"瞧，它多么乖。昨天刮大风，可它是个不倒翁。我是说我们的房子成了不倒翁。多么有趣！这种奇观，就发生在石头村。"她说。

我们都笑起来，都记起了刮风时房子的表现。房子同下面的巨石结为一体了，为什么还晃个不停？难道那巨石的下方，最深的地方，是无边的液状物？

"哈，不倒翁……不倒翁，哈！"银秀越想越好笑，笑得弯下身去。

"哪里有石头，哪里就有好运！"我突然想起来说。

大家先是一愣，然后就拍起手来。

"茗是个大人了啊！"他们异口同声地说。

我的脸涨得通红。

西双版纳的河

那条河是一条玉带，我从未见过比它颜色更美的河。它从西双版纳小城的中间穿过，河面不太宽，但据说水很深。我想，就因为水很深，它才有了那种纯正的绿玉石的颜色吧。我在心里称它为美女河，它隐隐地有股妖气，因而强烈地吸引着我这单身汉。

我是从内地迁到这里来的，来这里不久后就打算定居了。我租的房子在河边，很便宜，还包伙食和热水，是本地人盖的楼房。这里民风淳朴，我与本地人相处得很好。我开茶叶店，内地来这里的人差不多都是开茶叶店。这些包围着小城的高山上长着很多古茶树，几十年、上百年的茶树。再看看这美女河的水，就知道小城的人们为什么爱喝茶了。有很多人从上午开始喝，一直喝到夜里，喝到微醉，才上床睡去。第二天又喝。我的工作是去大山里收购个体茶农的古茶，收来在店里出售。这工作不累，而且本来我就喜爱登山，也喜欢住民宅。我只收古茶树的茶叶，不收那些栽培的茶树的茶叶。因为两相比较，差距实在太大了。

再说这条美女河。它深情，镇定，不动声色，它的美是内在之美，更为令人销魂。那天上午，我同叶老板谈完了生意，我们一块儿去他的船上喝茶。喝到亢奋之际，我的一贯散乱的目光盯住前方那起伏的碧波不动了，我感到自己变成了化石。唉，人间怎么会有这样的尤物！当然它不属于我，而我却离不开它了。叶老板面无表情地凝视了我几秒钟，一个字一个字地对我说："在这里租房怎么样？同我一块儿卖茶叶。"

"这正是我的梦想。"我红着脸回答他。

于是我从他的顾客变成了他的同行。

叶老板是那种别人弄不清他的来历的人。他应该是本地人，这是从他的业务根基来看。但他知道很多内地的事，能说一口流利的北方话，这又让我怀疑他是来自内地。他的身材和肤色也不像本地人。和别的茶商不同，他拥有这条大木船，油漆得很漂亮的上等货色。我们都住在河边租来的房子里——我，还有这些外地人，但叶老板坚持住在他的大木船上。我追问过他住在船上的原因，他说是"因为爱情"。难道同女人有关？但我从未见到任何女人登上他的木船。我异想天开地猜测：也许他像我一样爱上了这美女河，夜夜都愿意躺在它的怀抱里吧。还有，他用木船到远方的山里运茶叶过来。那个地方，我同他去过一次。

"小耶，我带你去一个让你忘不了的地方。"他是这样对我说的。

他雇了一个本地人帮他划船，我和他坐在船舱里打瞌睡。在美女河上，不知为什么很容易打瞌睡。虽然喝着浓浓的普洱茶，虽然聊些激动人心的话题，但往往说着话就会在茶桌上变得睡眼蒙眬。又不是真正睡着，而是四只眼睛你看着我，我看着你，一惊一乍的。过了城区，河就拐进了山间，两边都是大山，河的色彩开始变幻莫测了。

"喝茶喝茶！"叶老板一拍桌子大声说。

我被他拍醒了，眼前的河水既野性、妖艳，又有点阴森。我打了几个喷嚏，感到了凉意。叶老板起身去烧水了。他整天离不开香茶。

不知道是不是喝了过量的百年老树茶，后来进山的事就在记忆中变得模糊了。

似乎是，我不乐意离开那条河，叶老板就一把将我拽下了船。在那条蜈蚣一般的山间小路上，我们攀登了很久，汗水浸透了衣裤。那条小道的确像蜈蚣，每行几步，路的两边就有岔道，看得人眼花缭乱。我也不知道叶老板是如何盯住那条主路，不让自己迷失的。那得有多大的毅力啊。我已经没有气力说话了，神志也似乎不太清楚了，只是机械地迈动两条腿。叶老板却似乎很兴奋，在我旁边说起那些久远的时光里的事：某个城市的风俗和街景，最古老的茶树所在的位置，住在树上的当地人，他自己的各个时期的女人，他在美女河里的奇遇，等等。我木然地听着，并没有听得很清楚，因为这山实在是太高了。我们一早就开始攀登，现在天都快黑了。中午吃干粮时我们只停留了十几分钟。我惭愧极了，叶老板比我年纪大，精力和体力却比我好得多。但我以前还自认为自己热爱登山呢。有好几次，他差点甩下了我，我跟不上他。沿路也有古茶树在我眼前晃过，但我实在没有精力去打量它们了。

我抬头看山顶，啊，还离得那么远，什么全隐藏在雾里，根本看不见村子啊。可这时叶老板回过头来对我说已经到村里了。骤然一下，周围变黑了。

"我怎么没看见村子?"我焦虑地问。

脚下的路已不再是路，成了一些斑驳的、白糊糊的东西，我的脚步失去了定准，变得磕磕绊绊了。我边走边呻吟。

"瞧，我们的救兵来了。"叶老板高兴地说。

一个男童站在前方的路上，手中高举点燃了的松明。

"是太爷爷叫你来的吗?"叶老板问。

男孩"嗯"了一声,我们随他钻进了树林。这时我突然恢复了体力。真奇怪。

周围黑糊糊的,月光下,我看见了很多大树。这个村子很奇怪,人们在大树下面搭些简陋的草棚,住在里头。他们夜里也不点灯,像动物一样钻来钻去的。在一个较大的草棚前,我听见叶老板在说话。

"太爷爷,这是小耶,我的同事。有吃的吗?"

"当然有。"苍老的声音回答。

我和叶老板在草墩上坐下了。真舒服啊!叶老板告诉我,面前这一大团黑影是他的曾祖父。我大吃了一惊。原来他是本地人。

一位老女人,自称是太爷爷的媳妇,给我们送来油馃子和一大碗汤。

我吃饭的时候,听到叶老板在和太爷爷低声说话,我一句都听不清。有一些影子进到了棚子里,然后又出去了。草棚没有门,前后都是敞开的。我在心里琢磨:叶老板是在这里度过了他的童年时代吗?他好像听到了我心里的声音一样,突然冲着我大声说道:"小耶,也许你不信,我是二十一岁才出山的。"

"同这条河有关吗?"我问他。

"嗯,同河有关。"他低声回答。

终于有人拿来了一盏豆油灯，借着那一点点亮，我发现草墙的角落里有一个矮小的人蹲在那里。我想，这个人真沉得住气啊。

"他是我们家的管家。"太爷爷对我说。

这个大家庭里竟然还有管家！太爷爷领悟了我的吃惊，又补充说："他是乘着小船来的。来了就成了我家的主心骨。"

又是这条河！这条美女河同山上的人家是什么关系？

终于要安排我们睡觉了。太爷爷的媳妇将叶老板和我安排在草墙边，那管家已经不在那里了。毯子下面是很厚的丝草，舒服极了。我的目光起先还努力盯着草墙外的星空，但很快就模糊了。朦胧中竟然听到河水在身下汩汩流动。隔得那么远怎么听到的？但我来不及想就入梦了。中间醒来几次，听见太爷爷在抽水烟。这种东西在城里早就消失了，我觉得那声音将人带往从前那个黑暗的时代。

太爷爷似乎根本不睡觉，我们起来时，他已经不在了。叶老板说他去干活去了。

"虽然一百岁了，他根本就不觉得自己同别人有什么不同。山上的生活对人体损害很小。我要是不离开，也会像他一样长寿。"

"那么，为什么出山？"我问。

"也可能是因为女人，也可能是因为河，我至今也没弄清。"

这么早就有村民来送茶叶了，都用布袋装好，堆在太爷爷的草棚里。叶老板闻了闻，眉开眼笑。我们前面的树林里就有一棵树干很粗的古茶树。叶老板说这里是古茶树之乡，全都是上等货色。原住民都是用山泉泡茶，茶叶流转出去之后，就同这条美女河结缘了。美女河的真名是"绿河"。叶老板只要一提起这条绿河，眼神就完全不同了。难道他的真爱是这条河？

我和叶老板沿着小路散步时，又碰见了昨天用松明迎接我们的男童。

"我想同你们一块儿出山。"他说。

"瞎说，"叶老板用沉痛的目光看着他，摇了摇头，"你还小。"

"不出山，我会死！"他尖厉地叫道。

一眨眼他就跑得没影了。

我们回草棚了。太爷爷也回来了，满脸红光。

"今天是什么日子？"太爷爷问。

"我的生日嘛。"叶老板说。

"你是晚上生的，当时风很大。我对着那股穿堂风说：'风里来，雨里去。'后来我这话应验了，对吧？"说着话，太爷爷的声音慢慢变得洪亮起来，像中年人的嗓音一样。

叶老板笑着向我眨了眨眼，暗示这戏剧性的变化。

我们吃早饭时，太爷爷一直用洪亮的嗓音大声说话。叶老板则凑近我耳语般地告诉我，有一个"东西"附在太爷爷身上。我迷惑地望着老人，但老人谁也不看，边吃边说，发出爽朗的笑声，让人感到他体内的巨大能量。

早饭后，我和叶老板去看工人们采茶。在路上，我问叶老板，太爷爷的嗓音怎么能变得那么年轻的？叶老板笑了笑，问我注意到管家没有，当时他就坐在大柜后面的阴影里。所以当我听见太爷爷说话时，其实是管家在说话。我迷惑地眨眼，问他为什么。

"因为管家是从京城过来的！"他炫耀地说。

"那么，你也到过京城？"

"当然，我在那里生活了十年才回到西双版纳。一回来我就跑到河边哭了一上午。"

"你是后悔不该抛弃这绿河？"

"不知道。关于绿河，谁又能说得清？"

在左边的树林里，几个工人搭梯子爬到了古茶树上，正在认真地采摘。我问叶老板要不要上树，叶老板连连摇头，说自己恐高。

后来我忍不住自己爬了上去。可是我一到树上就后悔了，整个人只感到天旋地转，冷汗直冒。我战战兢兢地从梯子上下来了。

我坐在地上喘气，边喘气边说："这树真有魔力。"

叶老板告诉我，凡是从外面来的人，这些老树就要给他们一点教训。就连他自己，因为出去太久，它们也不会放过他。

我抬头看工人们，他们是多么灵活啊，其中一位甚至从这棵树跳到了邻近的一棵茶树。我亲眼看见他扯住一根枝条一荡就过去了，像长臂猿一样。我暗想，如果我在村子里待的时间够长，会不会变得像他们一样？

忽然，树上有两个熟悉的身影出现了，没错，是太爷爷和管家，他俩在那棵最大的古茶树上。他们边采茶边大声说笑，洪亮的声音飘荡在风中。我还没来得及看清，眼就花了，然后眼睛开始疼，一跳一跳地疼得厉害，一会儿就满脸都是眼泪了。这时有人抓住了我的手，凑在我耳边说："那是一个幻影。"说话的是叶老板。他还说，这山上的东西对外来人有种特殊态度，我现在还不适应。他拉着我往草棚那边走。

一会儿我就回到了太爷爷的草棚。但还是泪眼朦胧，眼睛受了伤。

"小伙子，喜欢我们村子吗？哈，他累了，去躺一会儿吧。刚来都会很累。"

说话的是太爷爷。叶老板将我拉到夜里睡过的草铺上，我躺下了。

草棚里有一些人在低声说话，像是归来歇息的劳动者。他们边说边喝茶，那些话的语调显得很激动，可就是听不清他们说些什么。他们为什么激动？是因为采茶的劳动吗？这是一种什么性质的劳动？我听见太爷爷在笑，他大概用手指着我，要那些人看我。我很窘迫地躺着，全身动不了。

"他啊，是一位有志气的青年。"太爷爷说。

"哦……"其余人发出同情的叹息声。

他们为什么要同情我这个外来人？只是因为我累坏了，还是有别的原因？

"他的一个姑妈刚嫁过来时，也有这种高山反应。"一个年轻的声音在我上面说。

"他姑妈后来成了劳动能手。"女孩的声音附和道。

他们都围着我的草铺站着。我的疼痛减轻了。我开始想象我的"姑妈"进入村子后的那些形象。她是一团光晕，在大树间滚动着，她所在的树林里很阴暗，因为那些古树的叶子太茂密了，将阳光挡在外面……啊，姑妈！

接着我就听见女孩在哭，旁边有个人在劝她。

"他那么痛。"女孩啜泣着说。

不知为什么，女孩的声音让我有了浓浓的睡意，我很快睡着了。

我睡了很久。当我在草铺上醒来时，似乎已是早晨。草棚里空无一人，餐桌上放着烤土豆和一条油炸鱼。厨房里有一缸泉水，我舀水洗了手脸，然后坐下来吃饭。那条鱼特别鲜嫩，我听说过山泉养的鱼叫"冷水鱼"，比河鱼更好吃。奇怪的是我的眼睛一点都不痛了。昨天是怎么回事？外面有人说说笑笑地进来了，是叶老板和一位美丽的女子。

叶老板说，茶叶都搬到船上了，今天就起程回去。

我在心里猜测：叶老板会带这位女士回去吗？现在她正深情地看着他，目光一闪一闪的。我觉得，在整个西双版纳，她一定是最美的女人。

然而在我们就要下山的瞬间，这位名叫霞姑的女人突然不见了。

"霞姑是我的敌人。"叶老板似笑非笑地说。

"这个敌人太美了。"我惋惜地说。

"嗯，"叶老板的目光看着下面的风景，陷入了沉思。我听到他在自言自语："可我是谁呢？我是绿河啊……"

我们快到山脚时，一个男孩突然从树林里冲出来，飞快地冲到前面去了。就是那同一个男孩。

"他年纪太小，死路一条。"叶老板说。

"为什么死路一条?"我困惑地问。

"山里人下山一般过不惯,更不要说是小孩。"

我觉得那孩子是跑到叶老板的船上去了。一会儿我又看到美女河了。我像从梦中醒来似的,在心里念叨着:"久违了,久违了啊……"

我想起了一件事,就问叶老板,为什么太爷爷不来同我们告别?

"你看见他同我们坐在一起,其实啊,他生活在两个世界里。在山上,人到老了后都是这样。每次我走的时候,他就不见了,我也不去找。"叶老板说。"山上真好啊,可是我在下面烦恼多多,唉!"他又补充了一句。

我们上了船,同那些茶叶一块儿起航回家。我找遍了前舱后舱也没发现小男孩,难道他没上船吗?叶老板微笑着说:"他当然在船上,可是你找不到他。来,喝茶!"

美女河很欢迎我们回来,它的颜色在山的阴影中变深了。我喝着村里的茶,在遐想中同河交流情绪。叶老板也在做同样的事吧,他甚至闭上了双眼。突然,我明白了我和他的心的所属,我也明白了他所遭受过的苦难。一路风平浪静,艄公摇橹弄出的水声催人入睡,我居然在茶桌上睡着了。

朦胧中看见那小孩走到我身边,轻轻扯我的衣袖。

"叔叔,我是来告别的,你再也见不到我了。"他说。

"你到哪里去?"我惊醒了。

但是他不在了。我结结巴巴地对叶老板说:"他……他!那小孩……"

"不要管他。"叶老板面无表情,"他是村里唯一生下来便活在两个世界里的人。瞧,船靠岸了,绿河现在多么温柔!"

那天夜里,我睡在自己的房间里。我刚熄灯,那小孩又来了,不知他从哪里钻进来的。他在房里到处看,显得很激动。

"小孩,你叫什么名字?"

"根子。这里真好。"

"你不是说我再也见不到你了吗?"

"那是另外一个人说的,我认识那个人。"他看了看我的床,突然又说,"我可以同你睡吗?你这里真冷。"

我让他上床钻进了我的被窝里。他显得很满意,开始小声唠唠叨叨。

于含含糊糊的话语(其中夹着大量方言)中,他诉说着某人对他的虐待。他在被子里缩成一团,全身滚烫。我估计他在船上受了风寒,就询问当时他躲在什么地方。

"船底下。"他说,"那里太好玩了。"

他又问我他会不会死,如果在城里会死的话,他马上回去,因为家里有人惦记他,尤其是老太爷爷。我熄灯后，他又在黑暗中告诉我一件事。他三岁时，老太爷爷用布带将他绑在一棵苍天大古树的细枝条上，随后就将他忘在那里了。他被风颠簸着，直到第二天老太爷爷才将他解下来。开始时他在那上面还觉得好玩，后来就吓得晕过去了。那之后他醒过来，后来又晕过去，一共晕了三次。我问他爱不爱老太爷爷，他说爱，要不然他怎么会老惦记他？"我最爱的就是老太爷爷。"他突然提高了嗓音说。后来他就睡着了。他一睡着身上就渐渐变凉，呼吸也没那么急促了。我于是放心了，自己也慢慢入睡了。

到了下半夜，根子忽然爬起来，说要去找叶老板，还说只有叶老板知道他的事。我问他是什么事，他说不能告诉我。然后他就开门出去了。

我在被窝里想着根子的事，我想象他在小城的下水道里走，一直走到河里去……一路上，他竟然待在船底下，难怪我找不到他。他大概在同美女河玩游戏吧。这孩子，最爱的是老太爷爷……我心里隐隐地有点不安，担心要出事。不过又一想，也许他是去找叶老板了，这个时段叶老板在船上。

我一直睡到快中午了才醒来，大概因为昨天太累，夜里又被根子打扰了一通吧。我煮了一大碗冻饺子吃了。

昨夜那种不安又升起来了。我得去找叶老板。

奇怪，叶老板的船居然开走了，这可是不寻常啊。我问了几个房客，都说不知道。后来在河边遇到一个贩鱼的，他告诉我说，那小孩同叶老板在城里疯跑，一直跑到天快亮了才上船。他们同艄公一块儿上的船，后来船就开走了。

我站在河边出神。河水还是那种玉色，刺激着我，我脑子里展开了一些狂想。

"他那种人，你看他喝茶的派头就知道他是个赌徒。现在又添了个小搭档。"

扳鱼人的声音从风中传来。他是在对我说话吗？隔了那么远，他怎么知道我能听到的？我想到被他称作赌徒的叶老板。可他一点都不像赌徒，除了爱喝茶外，他做事一板一眼，是个很实际的人。但我一回忆起根子这小孩待在船底的事，又没有把握了。有的人，很难弄清他骨子里到底是什么人。根子之所以缠上了他，应是从他身上嗅出了同类的气味吧。他俩来自同一个村子。叶老板小时候也曾被太爷爷绑在古树的枝条上吗？

没看到船，我心里空了，垂头丧气地回到房间里。一会儿我的同事阿细敲门进来了，他坐下，问我今天营不营业。我说不营业了，情绪不太好。

"你们外地来的，总是有情绪方面的问题。"他扬了扬眉毛说，"你的家乡不像我们这里，整天出太阳吧？"

"嗯，那可是个阴沉的大城市。"

他笑起来，露出小动物一样的白牙。

"我哪里都不想去！我离开过家乡一回，十几天，整日里心慌。就像这条绿河，别的地方没有吧？我觉得你现在也离不开它了。"

"你说得对。不过如果琢磨不透它的心思，就会有情绪方面的问题。"

阿细看着我的脸，认真地点了点头，然后站起来，说要去店里工作了。

他离开后，我坐到窗前，朝楼下看。楼下就是河滩，那扳鱼人还在那里。一网扳上来，似乎收获不错。河里有些运货的船来来往往。我想起我的茶叶还堆在仓库里没有清理分类，就连忙往店里去，还没走进店门又碰见了阿细。

"小耶，你的运气来了！"他朝我喊道。

"什么运气？"

"刚才叶老板托人捎话，说将他的茶叶店留给你了。你要发财了！"

"啊，叶老板人在哪里？他不回来了吗？"我焦急地问。

"不知道。看样子是不回来了。这是店门的钥匙和仓库的钥匙。"

阿细给了我一大串钥匙。我半天都没有回过神来。

叶老板的店是小城最大的茶叶店。我坐在店堂里，一点喜悦的情绪都没有，反而觉得有一阵阵阴冷的气流袭来。他果然是个赌徒啊，这回他要赌什么呢？他以前又赌过一些什么？回想我同他的交往过程，好像一直就是喝茶，醉茶，工作方面就是收茶叶和卖茶叶，没有出现过什么事件可以启示我。当然，只除了这次随他回到村里。

在村里那几天，他身上发生了什么事？我没能体会出来。我好像总是处在昏昏沉沉的状态之中，后来就发生了眼睛受伤的事。对了，那位名叫霞姑的绝色美女，叶老板说她是他的敌人。叶老板与她的关系不一般这是肯定的，我总觉得她身上有种熟悉的东西，但又不是特别熟悉，而是在山上碰见过的。我想起来了，是太爷爷！女子身上具有太爷爷的风度。叶老板也许受到了无言的逼迫，也许从她身上获得了新的冲动，所以又开始了赌博。我就这样坐在他的店里胡思乱想，心中慌乱不安。

阿细激动得脸发红，他拍了拍我的肩，说："这可是全城首屈一指的店啊，也是茶叶品种最多的。我看你好像不太高兴，为了什么呢？"

"那么，你知道他为什么出走吗？"

"不知道。他好像一直就要走，同我说过好几次了。"

"天啊……"我喃喃地对自己说。

一切都像一团乱麻，我一定要将这几天发生的事好好地厘清一下。

我锁上店门回到家里，在床上躺下。我想回忆在古茶树村的事。但不论我如何竭力回想，想得起来的事还是很少，并且事情都笼罩在雾中。

终于，我记起了我同叶老板上山的那条路。那是一条奇怪的像蜈蚣一般的路，两边的岔路那么多，连主路都很难分辨出来了。我曾被那条路弄得眼花缭乱，但它对于叶老板一点都不是问题，他稳稳地大步向上爬。我现在想起那条路仍感到头晕。也许这就是我必须留在小城，叶老板必须外出流浪的一种说明？叶老板，他一天到晚沉醉在古茶树的茶汤中，却能一眼看见自己的命运。我们下山走的是另外一条路，我对它一点印象都没有。大概因为一切都已经决定，叶老板就选了一条轻松路下山吧。还有根子，简直就是一个小幽灵，他说出的话令我毛骨悚然。

整整一夜，我都在床上翻来覆去地回忆，想要复活在山上时的情景。但我没能成功。那个村子，是个什么样的村子？！

当我再回到叶老板的茶叶店时，有些事情发生了。

我感到自己以前好像在这个茶叶店工作过，那些样品和货物，每一件放在哪里，我都清楚地知道。我还知道店堂里有几盏灯，仓库里还有多少存货。店员毛子迟到了，我觉得他昨天也迟到了，就盯着他看。

"耶老板，"他说，"别看我早上起不来，我工作起来干劲可大啦！"

怪了，他似乎早就知道我成了他的新老板。

"你夜里干什么去了？"我和气地问他。

"不瞒耶老板，我搞些小赌博。"

我心中很震动，克制着自己又问他："什么样的赌博？"

"没有一定。在西双版纳，无论什么都可以赌，难道不是吗？比如绿河，比如那扳鱼人网里的鱼。您不是也想赌吗？我看见您昨天同他说了好久的话。"

"原来这样。"我神情恍惚地说，"好了，你去工作吧。"

店里弥漫着古茶的香味，同我在村子里闻到的味道类似。尽管那几天的事我全忘了，可那种特殊的茶味刻骨铭心。我刚坐下来翻账本，就有一位老顾客进来了。是一位白发苍苍的老大爷。

"叶老板和他的小伙计已潜入了京城。"他大声对我说。

"这么快！难道是坐飞机去的吗？"

"当然。为什么他就不能坐飞机？"

"可是他有一条船，他将大船停在哪里了？"

"他摆脱了那条船。那条船已经不存在了。"

我沉默了。原来叶老板可以摆脱任何东西，就好像从不曾有过！

老大爷拿起那些古茶样品嗅来嗅去的，面露喜色。他选好一大包茶叶，付了款。然后他向我打听旅馆。他说小城变化太大了。

"您不是本地人吗，大爷？"

"很久以前是。后来我成了外地人，像叶老板一样。"

"您还会回到本地吗？"

"我每年都回来买茶叶。以前是向叶老板买，现在是向你耶老板买。"

我站在门口，看见他朝旅馆的方向走去。我突然觉得，他的模样同村子里的太爷爷相似。难道他们是亲戚？

"他是叶老板的本家，一位值得尊敬的长辈。"毛子的声音响了起来。

"他有职业吗？"我问。

"他有秘密职业。叶老板也有。"

我还想从毛子那里探听一点情况，但他已经不在店里了，可能去了仓库吧。在我的脑海里，"山里人"和

"外地人"这两个词始终在不停地转。却原来有不少古茶树村的人都想变成外地人，就像我和这些房客想变成西双版纳人一样。我们都爱这条绿河，爱的方式不一样，我傍河而居，他们离开又回来……现在我才想起了一些细节，原来叶老板一直想将他的茶叶店送给我。莫非他将我看作他在小城的替身了，让我代替他生活在这条河的情境中？

我看完账本时已是下午。毛子又出现了，他脸上流着汗，大概一直在摆放那些新到的茶叶包。他真是个踏实的工人。

"毛子，你知道不少叶老板家族的事情啊。"我说。

"因为我是他外甥嘛。"他擦着汗说。

"那么，你也会去外地吗？"

"不知道。"他气鼓鼓地避开我的目光，"他不让我走。"

我在半夜醒来之后，就再也睡不着了。我来到河边，天气很好。一艘大木船开过来了，比叶老板的船还要大。船舱里有人好像正在喝茶，我很想看清这些人，但这是不可能的，他们越来越模糊了。有微风将扳鱼人的声音送过来。

"在河上，如在家乡；在外地，如在河上……"

　　我好像有点明白这话的意思了。这个人这么聪明，大概同他的职业有关吧。

　　那艘大船停泊在河边了，舱里有煤气灯，喝茶的人们像影子一样晃动着，既像是沉醉，又像是痛苦。我立刻记起了我同叶老板在船上喝茶时的情景。

　　"喂——喂——"

　　我向那船里的人大声喊叫，还挥手，我一定是走火入魔了。

　　那盏灯立刻熄灭了，大船变成了一团黑影，形状很可怕。

　　"您该回家了。"扳鱼人的声音又一次传来。

西双版纳之夜

从前我听说西双版纳小城的夜生活五光十色。我是在这里住下之后才慢慢体会到的。

夜幕一落，身穿筒裙的傣族少女们便如海洋里那些纤细的海马一般，一群一群从大山的热带雨林中游出来了，每个人的头发上都别着一枚气味强烈的鲜花。她们是到山下的小城里去工作的。那是什么样的工作呢？我问过玉香姑娘，她回答说："夜游。"天啊，夜游！多么美妙的工作！

小伙子岩波对我说，西双版纳的空气是有毒（有瘴气）的，看一看那山间常年不散的白雾就知道了。千万不要搭理山寨里的姑娘们，她们全是一些勾魂的魔女。一个人的魂都被勾走了，还怎么在这世上立足？我对岩波的忠告不以为然。在高山榕和狐尾椰隔街相望的那处地方，我见过幽灵般的筒裙在昏暗街灯的微光中脱离了地面，忽隐忽现。我想那就是"夜游"吧。这里的姑娘们的确有勾魂的本领，但那究竟是什么样的情形呢？问岩波是问不出什么内容的，在我看来，傣族人向来答非所问。当然他们自己并不这样认为。比如岩波对我的一个问题的回答是："到了夏天你就明白了。"但在我的感受上，我觉得他的答复同季节无关，也同时间的长短无关，却与某种不引人注意的场景的转换相关。傣族人思路开阔，灵活，时常令人难以捉摸。

白天里太阳很毒，被山峦环绕的小城进入了睡眠，小街小巷几乎无人出入，连那些黄狗的步伐也带几分昏沉。住在公寓里的我在等待，我还知道大家都在等待。这里是不夜城，不是莺歌燕舞的，而是呢喃低语的不夜城。它里面也有点点灯火的夜市，人来人往；江中的木船缓缓而行，有女人在船舱内唱歌；街心的排档里坐满了饮酒作乐的年轻人。但这都是表面现象，不是小城的内核。点灯时分到来之际，小城便开始一点一点地苏醒。我吃过晚饭，走出公寓，往江边那些蜈蚣一般的小巷走去。小巷里有形态优美的合欢树，空气里流淌着一种类似桂花但又不是桂花的香味，也许来自山寨少女头上戴的花？我用力眯缝着眼，看到几个女孩往这条小巷旁边的一条更小的巷子拐进去了。她们不是傣族人，好像是布朗族人，她们头上的花像凤冠一样摇摆，这是我借着路灯微弱的光线看到的。我冲到她们消失的那个拐弯处，却没找到那条更细小的巷子。路边是一道大理石砌的墙，墙的那边好像是公园。我顺着墙摸过去，没有发现任何缺口。类似桂花香的味更浓了。我进入阴影中继续前行。她们一定是可以穿墙的，这些布朗族女孩。

"元风，你怎么一个人在这里走？"黑暗处响起一个惊恐的声音。

"我在猎艳。你呢？"我说。

"我也在猎艳！"小吉大笑。

他跳到了街灯下。小伙子告诉我说，他从内地来到西双版纳小城已经六年了，如今他深陷情网，每天夜里都要出来游荡，一直游到早上。如今这个习惯改也改不掉了，像是一种瘾。小伙子是我在茶馆里结识的，平时只限于点头之交，现在他忽然向我吐露心声，是因为花香的刺激，还是因为黑暗的怂恿？

"你的情人在城里吗？"我问小吉。

"她无处不在，但我每次扑空。"

我们并肩而行，但我触摸不到小吉，小吉的身体融化了。"啊，西双版纳！"我对自己感叹道。街灯每一盏隔得很远，大部分走过的地方都是黑沉沉的。我倾听小吉的脚步声：嗒嗒，嗒嗒嗒，嗒嗒……非常奇怪的脚步声。我必须找点话来说，因为这脚步声让我身上起鸡皮疙瘩。我就问小吉是否认识傣族女孩玉香。小吉说他当然认识，玉香，不就是那位用目光伤人的女孩吗？他亲眼看见玉香用目光将他的同事射倒在地，那小伙子整整两天说不出话来。用目光伤人的女孩很多，但像玉香这么厉害的他是第一次见到。我听了小吉的话便有点得意，玉香是我的茶友，我和她每隔一两个星期就会在茶室里碰见。

我们的视野中出现了西双版纳的小伙子们，他们面容沮丧，脚步轻飘，每个人都穿着黑衣。小吉激动起来，我听见他的脚步声变得正常了。他将双手做成喇叭状，似乎在向那一队人喊话，但我完全听不见他的声音。他们同我们擦身而过。这时我忽然听见小吉在说话。

"他们是去跳崖的。就在南边大佛所在的那座山，一个叫作'勇敢者的道路'的断崖那里。"小吉的声音里充满了羡慕。

"岩波也在他们当中吗？"我问。

"当然在。过了断崖就可以同姑娘们相遇。岩波对这件事最积极。"

我想，原来这样啊。我又问小吉，为什么他们面容愁苦？小吉说，他们只是有些焦虑罢了，那是因为他们还没到断崖。一旦他们到达那里，就一切都改变了。我又问小吉，他们在那种地方会变成什么样子？小吉说，他们会变成骄傲的火鸡。他们飞翔的姿态远胜火鸡。那么，他们不怕被山寨里来的姑娘勾了魂去吗？小吉笑起来，说，这正是他们朝思暮想的事啊。

说着话，我伸出手朝左边抓了一把，触到了棉花秆一样的东西，手心一阵发麻，被弹回来了。这枯干的棉花秆就是小吉的身体吗？可他还能说话，他思路清晰。我抬起头，指着前方的影子问道："谁在那里？"

"嘘，小声点。"小吉说，"那是我爹爹，他在寻欢作乐。"

影子跳跃着，攀上了大理石的墙面，跳到墙那边的花园里去了。他落地之际激起了一连串的尖叫声。真是奇迹啊，这位大爷如此身手矫健！小吉说他爹爹是去年才来到西双版纳的，现在也像他一样陷入了情网。"在这里，谁能不爱？除非他是死人。"小吉振振有词地说。

我们离街口还有一段距离，小吉的脚步听不到了，可能他离开我了？小吉说得对，在西双版纳谁能不爱？我也在爱，只是我爱的不是哪一位姑娘，是所有这些魔女。我每天盼望太阳快快落山，因为她们生性阴柔，属于黑暗。我知道我作为一个异地男子，对她们有着莫大的吸引力。然而一年多过去了，我还是没能接近任何一个女孩。她们对我的兴趣仅限于观望，这令我苦恼。我甚至比不上小吉的老爹。当我想到这里时，有一只手捏住了我的肩头。我立刻伸出左手去触摸那只手，我摸到了女人的光滑的手背。

"你是谁?"我低声问道。

"小吉的爹爹。"

"天啊!"我吃惊得像被噎住了一样。

他的手松开了，他消失了。真是个鬼魅之地，西双版纳。

我快到小酒店了，酒店的门口飘着两面猩红的三角旗，这是这条街上唯一的建筑。灯光是微弱的，仅仅照亮那两面旗帜。酒店内部造型奇特，一进去就会感到比外面更黑，墙上和屋顶上都没有灯，只有奢华的地毯上零星地安着几盏地灯。

我很幸运，今夜酒店的厅堂里有两位姑娘。我看不清她们的脸，她俩在交谈。

当我喝完一杯香槟时，她俩的谈话似乎进入了高潮。我听见那位稍胖的姑娘反复地说到两个字:"缠，斗。"其他的话我一律听不清。个子稍高的姑娘越来越不耐烦了，眼睛像猫一样射出绿光，举着酒杯竭力要站起来，但被她的同伴死死地拉下去坐在座位上。"缠!"稍胖的姑娘高声说。我注意到她头上的鲜花是黄色的。

她们又开始了一轮交谈，声音低了下去。我假装一直盯着酒杯里的酒。不知为什么，我一厢情愿地认为这两位姑娘是为我而来，我还认为今夜一定会发生什么事，就在这个酒店里。柜台上的老板躲起来了，只有一个懒洋洋的服务生坐在那里。我一直以为山寨里的姑娘总是由男人请她们喝酒，没想到她们自己也喝。我下定决心决不过去请她们，倒要看看是怎么回事。因为心里的那根弦绷得很紧，我握着酒杯的手在发抖。

然而并没有发生什么事。两个女孩站起来，相互搀扶着走出了酒店。她们的身影很快消失在夜幕中。"两个妓女。"酒店老板对站在门口张望的我说道。他的口气又像鄙视又像赞赏。

"秋老板，做'夜游'这种工作的人是性工作者吗？"我借着酒劲提高了嗓门。

秋老板哈哈大笑，笑完了才说："你是说'夜游'？那是西双版纳提供的工作。你问那是什么样的工作？不，我不能回答你，谁也不能回答你这个问题。这是个严肃的问题。"

他似乎很懊恼，立刻转身进了店堂，将我一个人撇在外面。

我看了看表，现在是深夜两点。我走了一会儿就到了街口，前面有两条细小的巷子，一左一右。这里的人称这两条巷子为"咖啡巷"，因为里面有很多咖啡店。我选择了左边的那条小巷。这条巷子里有一个很大的茶室，夹在众多的咖啡店当中。我就是在这个茶室里结识玉香和小吉的——在两个完全不同的场合。

不知道是茶室关门了还是我的视力出了问题，我没能找到它。我将这条无名小巷走到了头，然后转过身来往回走。当我往回走时，小巷里空无一人，连咖啡店都关门了，到处都是黑糊糊的一片。我再次转身往回走，打算走出小巷，去另一条街。

"元风，这么长时间了你仍然执迷不悟啊。"

在我旁边说话的竟然是玉香。她声音沙哑，难道喝了酒？

"玉香，你从哪里来的？"

"从那边酒店来的啊，我同你一直坐在一张桌旁。你没注意到我，你在看对面那张桌上的戏，一心不能二用啊。可她们还是撇下了你——就像刚才，你在这小巷里徘徊，没有收获，小巷撇下了你。"

她朝我伸出手，我握住她的手。那是一只男人的粗糙的大手，当然不是我见过的玉香的手。我吃惊地"哦"了一声。当我发出声音时，那只手就不耐烦地甩脱了我的手，像甩脱什么脏东西一样。"玉香。"我慌张地说。周围一片沉寂，她隐没了。我还能闻到她头发上的花朵的异香。我站在小巷当中，心中打不定主意。"玉香，玉香！"我在心里一声接一声地呼唤。从前，在那雨后的清晨，站在狐尾椰下的她是多么不可捉摸啊！

所有的路灯全黑了，只除了街尾有一盏还亮着。在那盏路灯的旁边，有一株巨大的旅人蕉，它放肆地张开身体，像一名恶汉一样遮蔽着身后的隐私。我停留了一会儿，恶作剧般地绕到它后面。但那后面只是一堵砖墙，少女们的尖叫声从墙缝里溢出来。我站在阴影里，从一浪又一浪的尖叫声中领悟了旅人蕉的秘密。它像我一样不是本地居民，它是通过什么方式在西双版纳小城扎根的？我曾以为我能理解它，但在今天这种夜里，在与它的沉默的交流中，我仍感到困惑不已。

好，我又回到大街上了。这是孔雀街，这里灯火辉煌，人们隐藏在灌木和乔木之间，人行道上有好几排树木——开花的和结荚的。那么多男男女女，但整条街静悄悄的，为什么他们都不发声？店铺全都关门了，但作为招牌的霓虹灯仍闪个不停。有一位小店的店主，躺在树下的吊床上，就着路灯的灯光看一本画册。我在他面前站住，等候他抬起头来。但他一味沉浸在画册中。

"岩柳，你在看什么？"

"西双版纳的植物。"他说着坐了起来。

"你不是天天看见它们吗？还要看画册？"

"这里面有很多奇怪的，我只在梦里见到过，我不甘心啊。"

"原来是这样啊。"

他不理我了，重又躺下去读他的画册。

虽然人们都躲藏在树丛间，但孔雀街上其实没有秘密。一切都在明亮的灯光下敞露着，只不过有些敞露是猜不破的谜语。

大排档已经散了，桌椅也搬走了，只在空气中留下了食物的香味。大概因为没有风，气流也停滞了吧。白头发的老爷爷站在小旅馆的门前沉思。

"爷爷，您在等人吗？"我走近他问。

"不等。我舍不得同她分开啊。"

"您的爱人？"

"是啊，西双版纳。很快她就要离开了，我感觉到了太阳的隐秘的光芒。"

小旅馆的木楼上有一个傣族姑娘扔下了一朵红花，也许是从她的头上摘下来的。她也在挽留西双版纳？激情在我的胸膛里又一次汹涌，今天夜里，我该有多么幸运啊！我告别了老人和姑娘，继续前行，我就快来到高山榕和狐尾椰隔街相望的那处地方了。那是什么？一个，又一个，是阴影，也是小太阳，同星星一样的鸡蛋花融为一体……太多了，太多了，姑娘们啊。难道这里就是断崖？

我本想停留，但我的脚步反而迈得更快了。我径直冲向鸡蛋花树，看见了没有腿的悬在花丛里的姑娘们。就在这一瞬间，大黄狗狂吠起来，它扑倒了我。它的体型是普通黄狗的三倍，它的牙齿咬住了我的脖子。不过它并没有用力咬，只是做出咬的样子。我被它的爪子按住，不能动弹。我的目光从它的耳旁射向那棵树，我看到了悬在蓝色气流中的美女。她是多么令人销魂啊！"她——"我轻轻地说。我一发声，黄狗就消失了；与此同时，花树下的姑娘们也消失了。我从地上爬起来，看见那长长的一队美女正在离开，她们从狐尾椰那里拐进一条小道。"她啊！"我小声喊道。我站立的地方立刻变得黑糊糊的，街灯和装饰灯全灭了，放眼望去，只有远处还是亮堂堂的。

我好不容易走出了黑暗，看了看表，已是四点半。在西双版纳，要到快七点天才亮，现在是黎明前的深沉的黑暗。然而不是有灯吗？灯火消除不了黑暗。有人在我耳边说话。"我一直想停留在里面，哪怕五秒钟。可我还是被甩出来了。那里不属于我。"这声音是岩波发出来的，充满了神往，也充满了沮丧。我会意地微笑了一下，朝着发出声音的那个方位回应道："西双版纳？"马上有一个陌生的男低音回应我："这里是不夜城。"

男低音坐在路灯下的木椅上看书。那本书很厚，但我发现书页上并没有一个字。我凑近他，他却并不想搭理我。他在等我离开。我刚一挪动脚步，他就说话了。

"有一种夜游不是走动，而是一动不动。元风，我们之间没有交往，但我和你每天夜里在山边那一家赌场相遇。我的名字是岩勐。"

"岩勐，你好。你的书本里有关于今夜断崖那里发生的事吗?"

"我刚好看到这一段：所有的人都飞越过去了。你听，姑娘们在断崖下面唱歌。"

我同他并肩坐下。是的，我也听到了隐隐约约的歌声。我将目光移向我刚才脱离了的黑暗，那黑暗里有无数细小的光点在涌动着，这是不是白发老人说的太阳的隐秘的光芒? 当我身处黑暗的时候，我却没有看见它们。瞧，它们正在形成图案，那巨型的图案一直通到天庭……我心里有个声音在说："你的眼睛，我的眼睛。"

岩勐翻动着书页，书里飞出了三只蝴蝶。他啪的一声合上书，闭上了眼睛。

我应该走了。前面就是街口。有三个小伙子站在那里。

"你是去赌场吗?"其中一个问我。

"不，我想去断崖。"

"西双版纳就是断崖。难道你想飞出去?"他嘲弄地看着我。

歌声在大理石墙的那边响起来了，我记起了岩勐刚才对我说的话。唉，我的想象力是多么贫乏啊！这就是原住民同外地人的区别。

我走远了，还听到了小伙子们在议论我。"他不喜欢这里。""他在冷眼旁观呢。""瞧他走路的样子，怎么能看见断崖？"接下去三个人就爆发出大笑。墙那边姑娘们的歌声突然变得激越了……

我心中惭愧，我的双眼刺痛，像是进了肥皂水。我用衣袖反复地擦眼睛。在我的身后，有人在一声接一声地叫我的名字，可我睁不开眼睛。我蹲下来，坐在路边的地上。我感觉到有几个路人在围着我，其中一个好奇地问他的同伴说："这个外地人，他大概是害怕阳光？"

我突然领悟到了什么，便忍着剧痛用力睁开了眼睛。啊，却原来天亮了！我又用袖子擦了几下眼睛，眼睛就适应了。我环顾四周，没有看到一个人。

在我的公寓的大门口那里，美人蕉红似火焰。玉香姑娘站在美人蕉当中等我。

"元风，你回来了，我一直在担心你。这里的夜晚并不平静。"

"谢谢你，原来你也这样看。确实不平静，你觉得它美吗？"

"当然啦，我是土生土长的女儿嘛。"

她欢快地同我道别，还同我约定夜里在断崖再见。

西双版纳酷热的白天对人来说是种煎熬。即使躲在公寓房间里，放下了窗帘，我仍然能感到阳光对神经的刺激。阳光是紧追不舍的，深色的厚窗帘也难以抵挡它的威力。于半睡半醒中，我总是看到同一个景象：一望无际的海边的沙滩上躺着一具巨大的鲸鱼的骨骼，一个五六岁的男孩站在那骨骼的旁边唱儿歌。会不会我就是那失去了肉体的鲸鱼？在高远的天穹之下，敞露着的骨骼里依然沸腾着黑色的汁液。男孩必定听到了被风干的骨骼里发出的怪异的声响。在窗外的楼下，玉香姑娘大声地说着同一句话："这一次，你可不要又被撇下啊。"我在床上翻来覆去，我想同阳光达成妥协，而这几乎是不可能的。有一刻，我想进入我从前的历史，我甚至已经起程了，但它于瞬间烟消云散，只留下了刺目的光芒。

下午醒来，洗漱完毕，我去餐厅吃饭，在走廊里碰见了小吉。他说他来这里找他爹爹，他爹爹在五楼。

"昨夜我碰见过他。"我看着他的眼睛说。

"他是个古怪的人，对吧？"小吉说着做了个含义模糊的手势。

"我觉得你老爹有很多替身。他不喜欢向人敞开心扉。"

"是啊。姑娘们却因此为他发狂。西双版纳的姑娘们啊……"

我看着他的背影消失在电梯门内，记起自己忘了向他询问断崖的情况。不问也罢，他身上散发出失败者的气息。

我吃得很多，大概因为夜里消耗太大吧。餐厅里只有老板和我，所有的窗帘都放下了，这正合我意。这位老板是新来的。

"何老板，你从哪里来？"我问他。

"离这里九十里地的山寨。"

"你能适应城里的生活吗？"

"太适应了！等我赚够了钱，就像你一样租个公寓房住下，夜里去街上浪荡。这是个勾魂的城市，要不是生活所迫，我早就不愿干活了。"

何老板走近我，凑到我脸前，轻轻地说："就在刚才，你下来之前，我看到了美女蛇在餐厅的大门那里探头。我把窗帘全拉上了，就是为了引诱它进来。后来你来了，你一来，它就溜走了。这里的生活太丰富了。生命短促，我得赶紧赚钱。我来这里就是为了找我的情人，有人看见她在城里，我们从前是在江边分手的……要是我也像你这样生活，我就会找到她。啊！"

在暗淡的光线中，我注意到何老板的脸是如此英俊，像古代的那些勇士。

小吉在门外叫我，我走出餐厅。

我看见他已变得神采奕奕，像是换了一个人一样。

"元风，我要去跳崖了，就在今夜！我获得勇气了。"他说。

"你见到你爹爹了吗？"我问他。

"没有。可我见到了美女，就在刚才，在走廊的拐角那里。"他的脸上泛起了红光。

"你说的是蛇精？"

"哎呀，元风，你的反应真快。她太美了，以前我总是对她感到害怕，但是今天，当我与她交流了眼神之后，我突然就改变了看法。"

回到房间里，喝完一杯普洱茶，我的心境改变了。我拉开半边窗帘，注视着对面绿色的草地。美女蛇驻扎在我们的公寓里了，也许她是我这样的外地人同西双版纳城沟通的桥梁。看来我用不着过分焦虑了。刚才小吉告诉我说，此地到处都是断崖，就看人有没有勇气去飞越。当小吉说他获得了勇气时，我立刻感到自己也有勇气了。

此刻我回忆起那堵石墙，还有墙那边的歌声。或许那就是断崖？为什么我从未想过跳墙？唉唉，我是多么古板啊。有多少个夜晚我从它旁边经过！还有那些歌声，对我来说早已变得很熟悉了。我经历了又忘却了，我一直是旁观者。实际上，断崖，还有姑娘们，一直在向我发出召唤。这是种温柔的耐心，我终于感到了这个小城的美德。如果我不再旁观的话，也许一切就会向我敞开？城里的人们对我说过，西双版纳敞开自己，从不隐藏任何细节。看来实际情况是，她一直敞露，我却没有认出。

门外的走廊里有一个人在敲我的隔壁的门，敲得彬彬有礼而又耐心十足。住在隔壁的是一个北方来的男子。为什么他明明在房里，却不开门？敲门的人是一个姑娘吗？这位从冰天雪地过来避寒的男子，本地的姑娘能敲开他的心扉吗？当我倾听时，金环蛇就出现了，它穿过草地到达了合欢树下，它的美妙的身体竖了起来，它在同我交换眼神。嗨，即使在白天，西双版纳也能看到战争的硝烟啊。它的舞姿令我跃跃欲试，我要在今夜去跳墙，也许不是跳，是撞。姑娘在走廊里大声说话了，然后她离开了，将一个鬼魅的世界留给北方来的男子。他的心还没有解冻。我想向金环蛇招手时，就发现我的手臂已经麻木了，根本不能动。我的脖子也麻木了，头部固定在一个方向。我感到蛇的眼神很严厉。大地在隆隆作响。我不能发声。

"我要。"我在心里说。

夜晚终于降临了。在这之前西双版纳一直在同太阳争夺地盘。光线是一点一点地退却的，当它们全部消失时，不夜城就复活了。一开始外地人会很不习惯，因为所有的事物都充满了那种模棱两可的暧昧的表情，这种表情令他们不敢轻举妄动。外地人，长年累月生活在轮廓分明的世界里，他们的目光形成了各式各样的角度。一旦来到这混沌的小城，他们当中的大部分在夜间就都失去了视力。我也是外地人，我经历了失去视力的惶惑与痛苦的阶段，现在正在逐步恢复视力。我已经战胜了恐惧，我所看到的，正在一步一步地崭露出英雄之城的内部机制。

一走出公寓的大门，我就感到自己被尾随了。我的目标是昨天去过的有合欢树的那条小巷，小巷的一边是一堵长长的大理石围墙，围墙的那边是公园。我在小巷里走了一段路，回头一望，看见头上包着头巾的男子正潜入这条小巷。他闪入浓黑的阴影里，我看不见他了，但我知道他仍在尾随我。现在这条巷子里只有我们两个人。我看到了那熟悉的拐弯处，我伸手去摸那堵墙。但是墙已经消失了，我的双手触到的是空气。我站立的地方没有光线，路灯离我很远。我不能确定我面对的是断崖还是荒原。或许竟是公园的围墙已被拆除？我记起了我的决心——我要撞墙。我刚做出那种姿势时，就猛然听到了那种大笑，接下去手电的白光就照在了我的脸上。我看不清他，但我知道他是尾随者。

"元风，今夜属于你。所有你见过的和没见过的，全都会来同你会合。"他说。

"那么，我不用跳崖了吗?"我有点失望。

"你刚才已经跳过去了，为什么还要为难自己呢? 往右边走吧，西双版纳不存在危险，脚下的道路四通八达。"

他关了手电，离开了我。

我抬脚往右边，也就是公园的方向走去。熟悉的公园里到处黑糊糊的，走了一会儿，才看到鸡蛋花树上悬挂着几盏小灯，有四五个没有腿的姑娘的脸从花丛里露出来。我朝那棵树跑去，口里不由自主地喊着："玉香，我来了! 等等我!"对我来说，她们都是玉香，我头脑发昏了。

下一刻我掉进了坑里。幸亏坑底是软软的泥土。我躺在那里，在我的上面，深蓝色的天穹里下着流星雨，小伙子们在亮晶晶的火雨中一个接一个地飞越过去。啊，那些小伙子啊，英雄之城里面的英雄。小吉和岩波也在他们当中。钟声是从天穹里响起来的，宇宙为之震惊。躺在土坑里的我成了这一壮观的记录者。

边境上的石山

　　我的朋友老矿十几年前在边境那里盖了一栋房，此后就一直住在那里。老矿今年七十二了，他说也许在那里住到死。边界是以一条马路为界，马路的那边是境外。这条马路紧挨一座大的荒山，名叫魁山，山里尽是形状古怪的石头，只有少数古树长在那些石头周围。老矿的房子就盖在山里的一块少见的平地上，被怪石环绕着。我问过老矿在边界的山里盖房的动机，他说是为了钻研一些人生的问题。到底是些什么问题，他没说出来。

　　老矿住的地方经常有境外的居民冒险"冲关"。他们有的是来国内做生意的，有的是来打零工的，还有些是贩毒者。这些人一般骑着很旧的摩托车来，一过了马路就扔掉摩托往老矿所在的山里跑。他们全是些爬山能手，一进山就不见踪影了。待边防军赶到时，往往只看见几辆破烂的摩托扔在路边。如果进山去搜索，基本上不会有收获——这座山太陡，太怪异了，如果不是老手，一进去就会被吞没。更奇怪的是境外总有一些山民一点也不害怕这座荒山，反而一进去就像如鱼得水。老矿说魁山的特点就是人一进去就失踪，包括他自己。他已经有过两次九死一生的经历。

"失踪了，就应该入乡随俗，不要反抗，因为反抗是没有用的。"老矿对我说。

我们是坐在他屋后的韭菜地边上说话的。离我们五六米远之处有一块形状像恶龙般的巨石，那巨石悬在半空，造成一种恐怖的氛围。但这氛围只对我有影响。

"您在山里遇到什么了吗？"说话间我喝了一口茶压惊。

"那是不可能的。在这种荒山中你不可能遇到什么。因为你脑海里只有一个念头：赶路。石头连着石头，有陡峭的绝壁，也有竹笋般的石林，你根本就看不到尽头。有时候，我用完了全身之力，最后跳到了一块空地上，可定睛一看，这哪里是空地？下面就是万丈深渊。"他陷入回忆，两眼闪闪发光。

"那么，境外的山民进山之后表现如何？您有他们的消息吗？"我问。

"很少有。但我感到他们乐此不疲。"

"他们很喜欢被惊吓？"

"对他们来说，也许并不是惊吓。"

"那是什么呢？"

"可能是自愿的训练吧。他们比猴子还灵活。"

我们都沉默了。一阵怪风刮来，像要将桌上的茶杯吹走似的。我分明听见老矿在冷笑。他笑谁？当然不是我。

此刻我感到，这里还是有吸引力的，要不冲关的人怎么这么多？毕竟这种事是有风险的，即使你像猴子般灵活，有时也会掉下深渊。不过这只是我个人的想法罢了，人心叵测啊。也可能不是这里有吸引力，而是他们也像老矿一样，一直将这座荒山当作他们的故乡。

有不知名的鸟儿在叫，叫声竟然像空谷回音。它叫了几声就不叫了。在我的记忆中，那声音既不凄凉也没有威胁，而是，怎么说呢，有点像远古的渴望。我们虽不是鸟儿，也沉浸在那种渴望中。我想，魁山真是一般人难以停留的地方，老矿是如何做到在此安家的呢？

那一天，我是在老矿家的楼上过的夜。

我刚睡着就被吵醒了。似乎是有人在门外要闹事。一开始反复哀求什么事，后来口气越来越硬，居然威胁要烧房子了。老矿始终用沉默应对那几个人。

我轻手轻脚地下楼，摸索着来到老矿房里。房间很大，我燃起打火机照亮，看见墙上挂满了各种兽骨。我轻声唤他，唤了几声后发现他根本不在房里。他到哪里去了？厨房里和卫生间里都没人。外面那几个人叫得更凶了，好像要破门而入一样。不过老矿家的大门是很结实的，门上的木栓也很大。

"你们是谁？"我鼓起勇气喊道，喊完全身发抖。

我听见他们都在骂脏话，一边骂一边离开，渐渐地走远了。

我回到楼上去睡觉。房里有个黑影，是老矿。他点亮了煤油灯，在翻看一本摄影书。我凑近去看，看见一些奇怪的照片，没有形象，只有光和影。

"这就是他们，他们夜里常来，我从不开门。"老矿说。

"他们是什么人？"

"就是境外过来的那些人嘛。这些照片是我的一个朋友偷拍的，然后拿到内地去出版了。你觉得它们怎样？"

"不好说，我不懂。"我踌躇地说。

"是你不愿意懂。好多年以前，我也同你一样。境外的这些山民很野，可是他们在照片中显得这么纯洁——莫非是魁山在他们体内植入了什么东西？"

我再次凑近去看那些摄影，看了一会儿就感到不安了。这时老矿收起书下楼去了。他一走我就吹灭了油灯睡觉。

　　我睁着眼，一点睡意都没有。那本摄影集将我的魂勾了去了。我在那些照片里总是看见同一张丑陋的脸，满脸都是血。老矿一定早就看见了，他是故意让我看的。隐藏在阴影中的那张脸很像我的一个熟人，他的表情是在挣扎。他是挣扎着要从阴影里面显现出来吗？为什么山民们一来敲门，老矿就忙着研究那些照片？

　　在我思来想去时，楼下又有一轮敲打和咒骂。老矿没有回应，看来他早就习惯了。我没想到山里的夜晚这么难熬，老矿也没提前警告我。要想再入睡是不可能了，那么，就来猜一猜这个谜吧。这些山民靠什么为生？老矿说他们白天里都在附近打短工。他们夜里睡在什么地方？老矿说睡在大地的深处。他们为什么像是同老矿有仇？老矿没有告诉我。有可能是因为老矿不该在山里盖房住下来，他们觉得这个知情者太扎眼了，时刻都想赶他走。而他，对自己的这种地位感到自豪，这从他坚持要在山里住下去这一点就可以看出来。老矿老矿，你过着一种什么样的充满激情的生活啊。我隐隐约约听到山民们在吹口哨，可能是他们在彼此招呼。

　　折腾了一夜，我的双眼泡都肿了。老矿偷看了我好几次，什么都没说。

　　吃早饭时，老矿对我说："昨夜他们的目标是你。你表现得不错。现在他们对我已经不感兴趣了，他们是很讲究新鲜感的，这从照片上也看得出来吧。"

老矿的话让我脊骨发凉。但不知为什么，我并不想马上离开。我想象着这些人骑着旧摩托车飞奔而来，像被大风卷着的落叶一样消失在这石头山里的情景……这些鬼一般的境外山民，竟然盯上了我。我缺少老矿的灵性，猜不透他们要对我干什么，于是我询问老矿。

"不干什么。"老矿笑眯眯地说，"以前我们住在小城里时，你不是很喜欢下到深井里去查看吗？我忽然记起了这事。"

他还记得我少年时代的那些事。不过老矿比我大很多，那时他是一名规规矩矩的职员，但他没干到退休就突然从城里消失了。他在边境这边定居时，就通过一些熟人将信息带给了我。十几年前我就来过魁山，不过时间很短。那个时候还没有发生过境外山民来冲关的事。在那两天里头，老矿反复地向我诉说山里的寂寞。他说得多了，我便忍不住问他：为什么不离开？他瞪大眼睛责备地看着我，好像我在说一件什么可耻的事一样。那个时候魁山在夜里静得不可思议，哪怕一串小小钥匙掉在地上都会发出很大的刺耳的动静。我躺在床上，在心里用"公墓"这两个字来形容这座山。虽然屋外一片死寂，但屋里还是不断地有吓人的噪音，噪音的源头当然是老矿。他夜里不睡，一刻也不消停，弄得我也没睡好。

一到早上他就向我道歉，他说他并不是故意弄出噪音，而是忍无可忍。那个时候我根本听不懂他的话，所以我只待两天马上要离开，我的理由是我的假期已休完了。现在回忆起那时的事，我才知道老矿的生活中已发生了多么大的转折。显然，他沉醉于目前的生活。

吃过早饭，收拾好厨房，老矿说要带我去山上看"悬棺"。他说这是他给那片巨大的石块所取的名字。那片石头从悬崖上伸出，像篮球场那么大，只有薄薄的、很窄的一个柄同山崖连接。我听他叙述时腿就有点发软了，不过我还是很想去观看。

"昨夜没能让你休息好，真对不起。不过下午我们可以补一觉。"老矿边走边对我说。他的表情显得有点激动。

"没关系。我是来历险的，不是来休息的。我同十几年前大不一样了。"我说。

老矿说我一来他就看出了我的变化。

我跟着他在那些巨石间绕来绕去的，后来忽然进入了一条很深的石头沟壑，是抬头不见光亮的那种。幸亏脚下那条窄路还算平整，不然我就寸步难行了。本来老矿走在前面，后来他停下来，要让我领路，他说这样就可以锻炼我的胆量。

我只得硬着头皮前行了，我不能失言啊。当我胡乱迈步时，我觉得自己随时有可能撞在岩石上，撞成重伤，因为我什么都看不见。老矿显然不是这样看，他在我身后不停地催我快走，说走慢了就看不到落日了。"在那片石头上看落日，哪怕看完了就死我也愿意。"这是他在黑暗中动感情地说出的话。他的话激起了我的热情。既然他不怕死，我应该也做得到，再说即使我撞上石壁什么的也未必就会死啊。我果真加快了脚步，在那狭窄的沟壑里被两边的石壁撞击着，我很快就汗流浃背了。还有更糟的，我感到我的髋骨和肩胛骨都受伤了。但老矿怎么一点事都没有？难道他长着一双猫眼？

"老矿，我可能到不了那里了，我要死了。"

"胡说八道！你抬头看一看，我们已经要出沟了。"

我用力抬了一下头，立刻又垂下了，剧痛令我坐在了地上，我晕过去了。

当我醒来时，我和老矿已经在一条路上，他正无聊地站在那里等我醒来。我咬牙站起来，忍着痛对他说："真对不起，耽误了你观赏落日。"

"你不是看过了吗？"他反问我道。

"没有啊。"我不解地说，"我是特别想看，但我吃不了苦，晕过去了。"

"你再仔细回忆一下，我让你抬头看时，你看见了什么。"

老矿这句话刚一说完，我就流泪了。啊，我是看见了，我什么都看见了！为什么我不向自己承认？那是什么样的壮观的景象啊！要不是老矿，我永远看不到那种景象！

一路上我们在沉默中各想各的心事。我感到身上的伤痛在一点一点地减轻。

终于到家了，我抢在老矿前面为他煮了一壶茶。

"谢谢你，我的老朋友。"我由衷地说，"这是一座魔山。"

"嘿嘿，你在山上睡着了时，他们来拜访过你了。"

"山民？"

"对。他们是不会错过这种机会的。你从外面来，对他们来说是一种新的诱惑。有一个人要用匕首划开你的胸膛，被我喝住了。"老矿说话时似笑非笑的。

"他们是在找什么东西吗？"

"对。那东西藏在你身上。"

喝完茶，又吃了一碗面。我和老矿你看着我，我看着你，好像都想从对方的目光里找出某个问题的答案来。后来他忽然站起来，要带我去看屋后的韭菜，他说那些韭菜正在开花。于是我同他一块儿往外走。

但是到了韭菜地里，韭菜却不见了。那些泥土松松的，像是什么人刨过了一样。

"总是这样，它们很不耐烦……"老矿喃喃地说，"这里只有浅浅的一层土，底下是石块。这些韭菜啊，对泥土没兴趣，所以老往下面钻。我能理解它们。"

我用手在土里捞了几下，抓到了一些根须，那些根须紧紧地附在什么东西上头，我用力扯也扯不出来。老矿看着我，扑哧一笑。我面红耳赤，讪讪地说："魁山的东西都很特别啊。"

老矿告诉我，他也是慢慢地发现这些怪事的，发现了就不想离开了。在魁山，如果一位山民要种植一些东西，千万要打消"种瓜得瓜，种豆得豆"的陈腐思想，因为那是养成一个人的惰性的。我看着老矿的眼睛，认真地点了点头。

接着他又指向稍远处的一小块绿藤说，那是他的红薯地，问我想不想吃。我说想吃。他几锄头挖下去，挖出的不是红薯，是一些指头粗的、长长的根。我问老矿红薯怎么长成了这个样子，他说，这是因为它们要钻那些石缝。红薯这种植物，个性也是很倔强的。如不顺着它，它就绝食，自行枯萎。"你只好将就吃这些根须了。"他说。

他挖了一阵，挖出一些根须。"瞧，你运气多好。"他这样说。

我们将红薯根洗干净，放在铁锅里焖熟。没多久房子里就香气四溢了。

有两张黑脸在窗户那里窥视。老矿说，每回吃好东西他们就来了，从不错过。

老矿为自己的生活能力自豪，看得出他一点也不嫌弃那些境外来的山民。

红薯焖熟了之后，老矿用一个大瓷碗盛了一碗，叫我端出去放在外面台阶上。我刚一放好，关上门，那几位就过来了。隔了一会儿，我就听见瓷碗被用力砸破的声音。

"真是些野性的家伙！"老矿耸了耸肩，微笑着评价道。

我想开门去看，老矿摆了摆手说别去，因为我是见不到这些人的。至于他自己，只有在偶然的机会可以与他们见面。比如今天早上，他们误认为我一时不会醒过来，就冒险冲上来想将我抢走，老矿当然是不会让这些家伙得逞的。后来，他们因为在他面前暴露了自己，就恼羞成怒，当着他的面要将我开膛。

"他们的心思是多么曲里拐弯啊！"我忍不住说道，"你认为他们要从我里面找什么东西？"

"所有的东西。他们啊，什么都想知道。"老矿说这话时两眼发直。

我想深入地思考一下他的话，但我想了又想，并没有领会出什么深意来。

我拿着扫帚和撮箕到门外去扫那些碎瓷片时，老矿就站在一旁说："多么可爱的家伙！你喜欢他们的直爽表达吗？"

我答不上老矿的问题。我们开始吃薯根。不知道是不是因为饿得厉害，我觉得薯根超级美味。老矿只吃了一根就放下了筷子，他大概是省着给我吃。我边吃边感动，眼泪汪汪的。我想，我父母死得早，现在他就等于是我的父亲了。回忆今天在沟里的那一场虚惊，我心里对这个人毫无怨气，只有感激。

"像我这样一个傻里傻气的人身上，居然有让人感兴趣的东西。"我说。

"你身上让人感兴趣的东西多着呢。"他那锐利的目光剜了我一眼。

老矿的房子是在半山腰。而那些境外的山民，据老矿说都住在靠近山顶的一个岩洞里。"他们喜欢居高临下，他们比我潇洒。"

我很想去那岩洞里看一眼，但老矿不同意。他说我要是窥视了那些境外人的住处，性情就会完全改变。而他喜欢我现在的样子。"你小子真不简单，连山民都被你迷住了。"但我一点都没感到自己不简单,反而时常觉得自己很蠢。唉,老矿老矿,我要真是你的儿子,可能就比现在聪明些了。

现在是我在山里的第四天了,我已经摸清这个家附近的一些门路。比如从屋后那个石洞钻进去,你摸黑走一段路,以为那是一个没有出口的死洞,可是出口忽然就出现了。外面是一个石坪,石坪的正中央有一堆土,土里长着很多向日葵,它们拥挤着,一律将脸庞冲着太阳。我站在石坪里,不想再钻洞,便寻找回去的路。可是哪里有路?四周全被乱石封死了,根本就出不去。无聊地在狭小的坪里踱了一会儿步,我只好又钻进那石洞。石洞里气味难闻,像是硫黄味。而且回去的路比来时的路要长得多,我在黑地里以为自己走岔了路,焦虑从心中升起。这时外面的光一下子涌进洞内,我跳了出去,看见了韭菜地。老矿正在割韭菜,他直起腰来说:"我们这里要什么有什么。你都看见了吧。"

"我又虚惊了一场。"我惭愧地说。

我发觉我对这里的感受令老矿很自豪,他的表情好像在说:"你小子,还有更惊人的风景呢,等着瞧吧。"

吃着老矿做的韭菜春卷,老矿问我味道怎么样,我回答说好极了。

"它们是从我心窝里长出来的,味道能不好吗?"他停止咀嚼，似乎想起了什么。

　　我记起这些韭菜往地下钻的事，心里想，老矿是在用心种菜啊。这些韭菜在哪里生长，他的那颗心就跟随到哪里。这种毅力，像我这种俗人是不可能具有的。我脑海里出现了古怪的影像，似乎是，老矿正同韭菜一块儿钻向地心。他是向着松散的土壤扎下去的，一瞬间就不见踪影了。"啊！"我喘了口气。

　　"多吃些，以后吃不到了。"他伤感地说。

　　"为什么呢？"

　　"因为我要改变栽培方法了。它们嫌地面土层太薄，不能带来定力。"

　　"哦？"我抽了口冷气，"那么，您也要消失了？"

　　"不。为什么消失？是显现。"

　　我多吃了几个美味的春卷。那种味道令我终生难忘。

　　这间朴素的楼房，木墙和宽大的木床显出一种极为静谧的风格。煤油灯放在桌上，灯罩被老矿擦得很亮。今天的月亮很大，我从窗口一望过去，立刻就看见了边境那边的那些水田。奇怪，这些水田和小山包一点异国风情都没有，反倒令我想起了家乡。实际上，我和老矿的家乡是城市，同这水田完全不一样，但我还是感到了乡愁。今夜会不会有人从那边冲关过来？这边境上有股料不到的原始冲力在沸腾。

"我去山里了，你好好休息吧！"老矿在屋外大声说。

我听见他的脚步远去了。他真是精力充沛啊。

等了好久，并没有看见任何冲关的迹象，我打起了哈欠。我没有吹灯就睡下了，我觉得这么美好的夜里要发生点什么事。再说老矿还在山里呢，我边睡边等他吧。这样想着就入睡了。朦胧中听见各种鸟儿在山里鸣叫，像在比赛唱歌似的。

有人跑上楼来了，脚步咚咚响。我紧张地坐起来，穿好衣服。

"快同我走，你的机会来了！"

哈，是老矿啊。我戴上风帽，同他下楼了。他要带我去山顶的石洞。

这一次，我发现我走的这条小路很平坦，虽然周围全是石林，但我们并不需要拐来拐去的。老矿走得很快，我拼命努力才能跟上他。快到山顶时，他突然停下来，一把紧紧地抓住我的胳膊，说："你得马上做决定，这一进去，很可能永远不能再出来。他们今天要封洞，就是说，他们要将自己封在里面。你去不去？"

"那么你呢？你也不出来了吗？"我急切地问他。

"我有办法出来。你没有。"

"我去！"我鬼使神差地冲口而出。

我们进洞时，有个黑影在暗处问道："这就是你的徒弟吗，老矿？他可太瘦了啊。"

"哼，人不可貌相啊。"

我忍不住回头望了一下洞口，它的确很小，我们是猫着腰钻进来的。大概几分钟就能将它封上吧。那么，还有没有其他的出口呢？老矿不是说他可以出去吗？我想着这些乱七八糟的问题时，发现这石洞竟然不怎么黑，不知光从哪里来的，也许是脚下的石头路发出的荧光吧，我看得见我落脚的每一个点。到处都有人在议论我，他们称我为"来自内地的定时炸弹"。这个奇怪的称呼让我颇费思量。

老矿突然跑了起来。我也想跑，可刚一抬腿就重重地摔倒了。

我的脸朝下，贴着路面，我看到了奇迹。下面是一个无边的巨大的彩石场，缓缓地旋转着，五颜六色的石头令我头皮发麻，它们碰出的响声也是一波又一波地袭来，像要吞没我似的。我不敢看了，但我的头部像被一枚大钉子钉在透明的石头路面上了似的。

"定时炸弹……定时……"

我听到人们在七嘴八舌地说。

其实只要我不定睛凝视，下面那无边的彩石场对我并没有威胁。但我怎么能不凝视？没人做得到不凝视——那是生死攸关的图像。就因为我凝视了它，我的身体就会爆炸吗？那些说话的山民都离得远远的，是不是在等我炸响。

下面的花纹突然一下凝固了，到处一片死寂。我的目光也凝固了。

有人从我背部将我一把提起来，摔出三四米远。

"你啊，刚才看见了最后的花纹，这很危险。"那人站在我上面说。

"我会爆炸吗?"我用力发出声来。

"你刚才已经爆炸过了，要不是我将你摔出来，你就炸成几块了。"

他的话让我兴奋，我想站起来。但我的身体成了面条。

他要走了。我哀求他别扔下我。他想了想，弯下腰来问我："内地的人都像你一样脾气很大吗?"

"不，他们性情柔和。"我说。

"那是假柔和。"他笑了起来，"他们应该是一些不惜粉身碎骨的亡命之徒。"

"也许是。我不知道，我太幼稚了。"

"你的幼稚也是假的。没人比你更会捞好处。伸出你的手来。"

他将我用力一拉，我就站起来了。我扶着洞壁站着，感觉到恢复了一些气力。他说他必须走了，因为还得去城里打工。"你的问题只能由你自己解决。你不是看见了最后的花纹吗？这就是你的优势啊。"他说完就匆匆地走了。

啊，那些彩石的旋涡！我现在全都看见了，它就在我脚下旋转，我同它只隔了一层像玻璃一样的石板。它已经没有声响，但那种无穷无尽的运动既令我兴奋，又令我恐惧。真是无穷无尽啊。"你也可以投身进去。"有个人在暗处说。他也许是山民。

现在我可以慢慢走了，但我不想马上离开了，彩石运动如磁石一样吸引着我。奇怪的是，当我凝视那巨大无边的旋涡之际，我并没感到眩晕，我反倒觉得自己在随它一块儿旋转，我心里甚至升起了欢乐。这种事，真难以理解。

"已经天亮了。我又得割韭菜了。它们在夜里长得特别快。"

是老矿，他正朝我走来。周围轰地一响，那些说话声又响了起来。我反复地听到"定时炸弹"这四个字夹在谈话声中。这些人躲在什么地方？

我随老矿走出了洞口。一只山猫飞快地从我们这条路上穿过。老矿说山猫是从节日的狂欢中回来的。我问老矿什么是节日的狂欢，他说就是我刚参加过的那场狂欢啊。于是我沉默了。那种回忆太令人激动了，无法谈论。

我们到达菜地时，看见韭菜抽出的叶片又嫩又长，长势十分喜人。

"它们的生长是随心情而来的。"老矿边割边说，"经历了那样一个夜晚，往往会发生猛烈的一轮长势。我们回去睡一觉，然后起来做春卷吃。"

"多么美的日子啊。"我呻吟一般地说。

老态斜睨了我一眼，满心自得的样子。

我拉开窗帘，在温暖的阳光中进入睡眠。有很多鸟儿在轻轻地叫着，伴随我。

"阿毛，阿毛，"老矿在床边轻轻地唤我，"起来吃春卷了。"

我惭愧地爬起来，洗漱完毕，坐在餐桌旁。

春卷真好吃。老矿看着我吃完了，这才对我说："你今天继续去山顶钻石洞吧。这些刁钻的山民，将洞口弄得越来越小了，不过你像我一样，有办法进去，也能够出来。"他意味深长地笑了笑。

我琢磨老矿的话，琢磨了一会儿就激动起来了。

同老矿告别时，他紧紧地抓住我老不松手，令我怀疑起来。

"怎么回事？我不是去送死，对吧？"

"当然不是。但有些事没法防止啊。"

他终于松开了我，我头也不回地往山顶走。

我发现有两名衣衫破旧的人在我前面走，就叫了一声同他们打招呼。谁知他们猛地一拐就消失在石林里了。于是我就在心里自嘲道："我算个什么人？竟然指望有人在这种地方认可我的身份？"我凭着记忆找到了昨天那个石洞所在之处。

洞口并不是越来越小，而是干脆被堵上了，不存在入口了，那地方是一整块石头，看不出里面有个洞。一个戴草帽的小个子，应该是山民，守在那块石头旁。

这个人看了看我，露出知情者的表情，拖长了声音说："你，是来捞好处的吧？"

我想了想，回答说："可以这么说吧。不过我并不是那种急功近利的人。"

"既然这样，你回去吧。这里没你的事了。"

我当然不愿离开，我记得老矿对我说的话。

地上有一把斧头，我举起它向那石头砸下去。斧头还没有挨到石头，洞口就出现了。洞口很大，可以直腰进去。我刚朝里面迈了一步，那人就用力拉了我一把。他的力气真大，我连退了好几步，差点跌倒。

"你想清楚了吗？"他用本地话对我说。

"我什么都没想。"

"啊，你真是一颗定时炸弹！"他说。

他吃惊地看了我一眼，显得很茫然。

"内地人都像你这样吗？"他又问。

"不知道。"

我进洞了，我急于要看那彩石旋涡。但是这一次，洞里很黑，地上的石头也不再发出荧光。石壁上渗着水，弥漫着腐败的气味，我觉得这不是原先的那个洞，是另外一个，这里面没有我要找的东西。而且四周这么静寂，很可怕。我转过身往外走，这才发现入口已经被堵上了。我在原先入口的位置摸了又摸，感觉到那是一整块石头，没有拼接的痕迹。我又摸地上，地上也没有斧头。

极度沮丧之际，我记起了老矿的话。我控制住情绪，就地坐了下来等一个转机。到处这么黑，乱走的话只会消耗体力。有一小股臭水流过来了，我连忙跳了起来。有人在原先的洞口那里说话，不是一个人，是一群人。我仔细听，听出来他们好像是在说要淹死我。才几分钟臭水就涨到了我的腰间，然后又涨到了我的脖子那里。我只能竭力游动，我不是游泳的好手。现在也顾不上水的臭味了，只求不要沉下去。啊，真累啊，我快要死了吗？机械地划水吧，能撑多久是多久。说不定山民们会良心发现呢，说不定老矿正往这里赶来呢。刚才我喝了一口水，可能是尸水。尸水又怎么样，只要能活命。划啊，让自己浮起来，不要停止。后来我就麻木了，我像一条死鱼一样浮在水上，但我又并没有死。我觉得自己再也不会沉下去了。可这又有什么用？这个涨水的洞看来没有出口。我在心里对自己说："这就是好奇的下场，在这里等死吧。"

我是过了好久才想到这一点的：我有老矿这样的伴侣，怎么会死呢？那一次他是从水底下游上来的，后来他告诉我，我们所在的洞的下面还有一个更深的洞，他就是从那另一个洞里游上来的。一旦涨水两个洞就连起来了。"生命之水啊。"他说。我和他一块儿游到了洞口。来到蓝天下，我感到自己浑身像要长出花朵来一样，醉人的花香萦绕着我。

"这些山民表面上粗鲁，其实都有一颗温柔的心。"老矿说。

我在公司的假期快休完了，我买了明天回家的火车票。老矿舍不得我离开。我虽然只比他小十多岁，但他看我的眼神，就好像我是他儿子。我自己也是这样认为的。同他比起来，我不就是个小傻瓜吗？这位年长的朋友身上有股魔力，将永远吸引着我。今天一大早，他就在楼下叫我了。他说他要去山的东边找一样东西，找到了就拿回来送给我。还说他毕竟这么老了，说不定这一次同我是永别。我想和他一块儿去，但他拒绝了，说路上会太辛苦，我明天还得赶火车呢。他走之前将大门仔细闩好，嘱咐我，任何人来敲门都不要开。"并不是所有的人都有境外山民那样的好心肠。"他又说。

那会是一样什么东西？应该同石头有关吧？

老矿刚离开不到半小时，就有人来砸门了。砸门的工具像是一种很大很沉的东西，砸在厚厚的木门上发出闷闷的钝响。幸亏老矿的门不是一般地结实，应该是不可能被砸开的。但那人并不打算放弃，一下连着一下地砸，显得很有决心。于是我开始不安了，万一门被这人砸开了，他打算进来干什么？难道我在离开的前一天，要让老矿失望吗？这时我发现门闩有一点松动，这令我害怕。

"喂，伙计！你要进来干什么？"我提高了嗓门叫喊。

"我要你的命！"那人吼了一声。

他继续砸，他一定是那种少见的大力士。

门上出现了一道宽缝，眼看大事不好了，透过那道缝，我看见了那人。他身上生着长毛，样子像猿人。奇怪，他举起大石舂甩过来，大门眼看要被砸开了，他却跑掉了。

我不敢出去看，再说老矿也不让我出去。然而我却发现事情不对劲了。

就在门外的坪里，老矿和猿人勾肩搭背，朝这大门走来了。他们到了大门前，老矿一脚就将门踢开了。他俩站在了我面前。

"阿毛，给你介绍一下，这位是魁山的原住民。他的名字叫魁，你就叫他老魁吧。他就是我要找的那个'东西'，你把老魁带到城里去吧，他会给你带来好运。"

老矿说这些话时，魁显得有些忸怩。他已经穿了上衣，衣服遮住了他身上的长毛。他脸上也有些毛，不过不算多，不仔细看的话还以为是胡须呢。

昨天老矿就帮魁买好了车票，是和我同一个车厢。

"你们在一起一定会有说不完的话。魁最感兴趣的就是内地人，他认为内地人都聪明极了，任何一个思想都是弯弯绕绕的，让他这样的山民根本追不上。"

"可他刚才还说要我的命呢。"我大声说。

"那是同你开玩笑。砸门也是玩笑。"老矿认真地说。

魁看着我，样子显得很憨厚，一双毛茸茸的大手在裤子上擦着。

老矿说他要去做春卷了。

魁一听说有春卷吃，就手舞足蹈，嘻嘻地笑个不停。

我们坐在桌边吃春卷时，我感到内心特别充实，好像我一下子就变成一个有主见的人了似的。我还觉得魁很合我的意，的确像会给我带来好运的那种人。我和他一边吃春卷一边相互眉来眼去。老矿微笑着,看上去脸上写满了幸福两个字。

第二天一早我和魁就动身了。老矿没来送我们,他伤心过度,将自己关在卧室里。魁挑着我的行李,我空手走路。他愿意这样。

啊,那一路上!我说不清楚,我只知道我的好运来了。

蓝天下的花圃

　　她很瘦，瘦得像一只螳螂，蹲在那枯树上。那枯树从岸上伸向水塘里。

　　"喂，你是谁家的孩子？愿意同我去沟里捉螃蟹吗?"

　　我怕吓着她，就想出了这个主意。那根朽木随时都有可能断裂。

　　她一跳就下来了，轻灵的动作让我觉得自己的担心是多余的。

　　"我不想抓螃蟹，阿妈。您同我去我家里吧。"她老练地挽住我。

　　"你家在哪里?"我问她。

　　"就在水塘的那一边，大家都知道的。"

　　我们经过水塘往对面走时，女孩向着塘中心招了招手，立刻就有一些鱼儿跳向空中，然后又落进水中。真是赏心悦目啊。"阿妈，我叫小述。"她说。

"小述，你好像认识我？"

"当然认识。"她平静地说，"您的耳垂上有一颗痣。"

我的心怦怦地跳起来。她的家其实并不在附近，而是比较远。我们走了又走，我忍不住问她还有多远。她说快到了，然后指了指一棵桑树，说："那边。"立刻就有许多小鸟从桑树里头飞出来，比刚才那些鱼儿更赏心悦目。

"小述，你的爹爹和妈妈是做什么工作的？"

"他俩是花农，我家里有几百亩花圃，一眼望不到边。"

她突然松开我跑到前面去了。她在草丛里打了几个滚，然后若无其事地站起来，和我一道继续走。我问她看见什么了，她回答说是"山里的那些东西"。我环顾四周，发现我们离山还有点远。她说的"几百亩花圃"在哪里？路上只有荒草和灌木，零零星星地有一株桑树或一株榆树。小述问我喜不喜欢这里，我回答说喜欢。因为我从城里来到这里，就是来找这种风景的嘛。我们走过的地方也可以称为荒原，虽然路旁有些非常矮的、光秃秃的小土岗。其实它们连土岗都算不上，有的才两人高，小述一冲就上去了，然后又一冲就下来了。

我终于看到小述的家了。它在一堵长长的土城墙下面。此地竟会有这么长的土城墙，两头望不到头。可是城在哪里呢？城墙的两边都没有城，只有荒地。这堵墙，也许是小述的父母筑起来的，可为了什么呢？那小小的房子害羞地缩在土墙的下面，是北方的平顶房，只有一层，有很厚的藤萝从屋顶垂下来，像女鬼的头发一样。

"妈妈，我回来了！"小述高喊着冲进房里。

我进去之后，看见了同小述一样瘦的女人，她俩像一个模子里倒出来的。

"稀客啊稀客。"女人高兴地搬来椅子请我坐，"您叫我'荒'吧，您贵姓？"

"我姓越。住在这里该有多么清静！"我感叹道。

"只是表面看上去清静罢了。"她一边将茶水递给我一边说，"您一定看见了，有了小述这样的女孩，这里还会清静吗？"

"荒，您的女儿很不一般。"我说，"我见了您以后，就有点明白她为什么不一般了。这么浩大的工程，我还是第一次见到呢。"

"您是说土城墙吧，我真高兴——我很久没有这么高兴过了！越，您看出了我们事业的未来。难怪小述会这么喜欢您。"

荒说这话时满脸都是笑意。

"我想问您一个问题，又担心有点冒昧。"

"您尽管问吧，越，就像老朋友那样问吧。"

"为什么您的女儿说自己的父母都是花农？我在附近并没见到花圃啊。"

"您会见到的，越。也许我们对小述有点溺爱，可她从不说谎。"

说话间小述已经从外面回来了，她的衣服上有灰土，脸上也有点脏。她立刻到厨房里洗了脸，换了衣服。我问她刚才去哪里了，她说爬到土岗上去看爹爹了。因为爹爹在很远的地方砌土城墙，要爬到高处才看得见他。

"小述的眼力真好。"我由衷地称赞道。

"我是锻炼出来的。一开始我只能看到一公里远的地方，现在我能看到十五公里外远处的情况了。因为爹爹离得越来越远，所以我的眼力也跟着变化。"小述说。

"天晴的时候，她能看到三十公里外的大黑山里面的野猪。"荒说。

"阿妈，明天我带您上土岗吧。就在屋后，是这一带最高的一座土岗。"

我睡在屋后面的小房间里。房里的墙上挂着各种彩色的鸟的长羽毛，还有一些干花做成的香囊，幽暗的灯光照着它们时，我就听见它们发出沙沙的响声。

"多么美啊。"我对自己说。然后我就在平和的情绪中入睡了。

半夜里听到有人在门口说话，是男主人回来了。

"今天筑了多少？"荒问他。

"两三米吧。"男人回答。

"快去吃饭，饼还热在锅里，我都热了三次了。"

男主人吃饭时，我听见荒在啜泣。她用含糊的声音在诉说着什么，说一说又停一停。男人在小声安慰她。似乎是，男主人也不知道要如何才能安慰妻子，于是沉默了。

对于睡在后面房里的我来说，这一夜突然变得漫长了。因为那两个人总不去睡觉，隔一阵又发出一些窸窸窣窣的声音，好像在找东西。后来男主人小声叫了起来。

"荒！荒！它来了——我看见它了！这个小东西，就在前面的路上跑过去了！天啊，怎么会这样出其不意？就像一道闪电一样消失了……"

"城墙怎么样了？它是怎样飞过去的？你都看见了吗？"荒焦急地询问。

"它没有飞过去，它在那底下消失了。"男主人悲伤地低声说。

两个人都不说话了。又过了好久，才听到他俩在收拾桌上的盘子，好像是打算去睡了。于是我也迷迷糊糊地进入了梦乡。

"这是一桩事业，已经有十多年了。"荒对我说。

我们坐在外面的小院里吃早饭时，男主人已经早就外出了。他工作的地方离家里很远。我问荒他是不是在花圃里干活。

"不，不是。没有花圃，只有这堵城墙，它已经有——小述！小述！"荒喊起来。

小述跑了过来。

"爹爹的城墙有多长了，你知道吗?"荒问女儿。

"三十公里吧。"小述满不在乎地说。

"越，您瞧，三十公里了，不短吧?从我们家往两头伸展开去，一头十五公里。"

这两个数字令我有点头晕。我暗想，为了什么呢?

吃过早饭我就被小述领着去参观土岗。小述告诉我说，土岗是她练功的地方，她每天都要操练，这样才能看清爹爹在远处的活动。

"小述，你同爹爹就像一个人一样，对吧?"

她扑哧一笑，嗔怪地回应我说："您是怎么知道的啊?"

这个土岗比较高。我爬到顶上时，已经气喘吁吁了。顶上是足球场那么大的一块平地，长满了半人高的杂草，还有几株苦楝树。我抬头一望，看见小述已爬到了苦楝树的树梢。她正朝着远方用力挥手，大概是同她爹爹交流。一会儿她就溜下来了。

"阿妈，我知道爹爹其实看不到我，不过没关系。"

"这堵墙很漂亮，尤其是在这土岗上向它看去。我都有些吃惊了。你爹爹真神奇。"

"没错。土城墙是为白天鹅砌的。那时我爹爹常仰面躺在荒地里，他有两次看见了白天鹅从上面飞过。后来他就开始砌墙了。这是爹爹告诉我的。"

"后来天鹅就常来了，对吧？"

小述使劲点头，两眼放光。她说天鹅的眼力非常好，令她羡慕，所以她很早就开始锻炼自己的眼力了。

"爹爹的土城墙也是为小述砌的。"我说。

"嗯。妈妈也是这样说。在天上，鸟儿看到的土城墙比我在这儿看到的一定更好看。不过爹爹说，我要是老在土岗上看城墙，就会有危险。您知道这是什么意思吗？"

"不知道。"我老老实实地回答。

"我也不知道。"她说，表情有点沮丧。

几秒钟后她就忘了我们之间的对话。她像猴子一样爬到苦楝树的树梢，在那上面晃来晃去，像要飞出去一样。就在这时我看见了蓝天里的鸟儿，它们排成长长的一线。不过这些不是白天鹅，而是常见的大雁。小述非常激动。她是在猜想鸟儿眼中的城墙是什么样子吗？我的脑海里迅速地掠过这荒地里的一家三口的形象，忽然就明白了荒所说的"事业"是什么，也明白了"花圃"的含义。

小述从树梢上飞了下来，落在杂草上。她并不像一只鸟儿，却很像褐色的螳螂。她的细小的身体隐进草丛中，我看不见她了。我对自己说："气象预报说今夜有雷雨。"

我晚上正准备睡觉时，小述进房里来了。她坐在床边，犹豫了一会儿才开口。

"白天鹅一次也没有落在爹爹的土城墙上面。"她轻声地说。

"可是它们都看见了。包括那些大雁，也从上面看见了。你爹爹是为这个而努力工作，对吧？"

"嗯。谢谢阿妈。毕竟——"她没有说下去，黑眼睛严肃地看着我。

"你爹爹会很满意的。也许有时会有怀疑，但那算不了什么。这就像——让我想一想，嗯，这就像制造人间奇迹啊。"

小述突然笑起来，她又变成那个顽皮的小孩了。她告诉我，她白天里同那只土洞里的蛤蟆讨论了关于天鹅的事，因为蛤蟆与天鹅其实是近亲，就像她和爹爹妈妈是一家人一样。蛤蟆是很喜欢土城墙的，它和它的几个小孩总爬到墙头去叫，想引起那些天鹅的注意。可是天地间太宽广了，它们的叫声能不能传到那个高度？

"应该能听到，近亲之间会有感应。"我肯定地说。

小述对我的回答很满意，于是同我道了晚安，回她的房间去了。

小述离开没多久我就睡着了。夜里我不时地醒来又睡去。我梦见了敌人，敌人是一个老头，站在城墙的墙头挥舞一面白旗，似乎在指挥部队向着城墙冲过来。但他并没有部队，那只是几股乱风而已。后来一股强风将他从墙头吹下来了，他摔伤了腿。我听见他在说："见鬼，你们怎么敌我不分？"有人在远处吹哨子，很急促，会不会是小述的爹爹？

我终于醒来了。看看手表，才两点多钟。一个闷雷仿佛落在房顶上，我睡的木床跳了几跳，太吓人了。我记起了气象预报，果然下大雨了。

我在雨声中迷糊睡去。后来又被蛤蟆的大合唱弄醒了。按声音传来的方向判断，它们大概都待在墙头。我想象着外面那壮观的场面，不知为什么有点害怕。我感到自己不属于这个沸腾的世界。这个世界是有危险的。想着这类事我的意识就模糊了。

吃早饭时我对荒说，他们家的事业是一桩宏伟的事业。他们一家似乎要抵达某种极限，这种抱负令我震撼。

"昨夜那场雨是很少见的，将土城墙冲出了两个缺口。"荒微笑着说。

荒坐在那里，脸上容光焕发。我记起前天夜里她悲伤发作的事，在心里琢磨着她的情绪是根据什么转换的。我问她被冲坏的城墙要不要修补。

"不，当然不。从上面看下来，这是一道全新的风景。有好些日子了，小述和她爹爹一直在沉闷中度日，这场大雨解脱了他们，父女俩激动得不行……"荒说。

我想象这两人在暴风雨中挥动铁铲的形象，我觉得那一定是一种狂暴的情绪激荡着他们。那些蛤蟆，我应该一直听到它们在叫，为什么当时我没醒过来？

荒要带我去参观那两个缺口。"并不远，就在这附近。"她说。

我们很快就来到了昨夜那场激情的现场。

城墙静静地立在蓝天下，并没有什么缺口。难道是荒的幻觉？

"我们来晚了。我现在记起来了，这种墙，它的愈合的能力是惊人的。"

荒一边说一边将自己的脸贴着土墙，嘀咕道："就是这里，就是这里……"

荒告诉我说，父女俩正在家中熟睡。他们在洪水中搏斗了那么久，已经很累了。

"洪水?"我问道。

"是啊,就是洪水。突然到来,又突然消失。好几年都难遇一次的。我丈夫让我守在家里,因为有危险。他认为家在这时是必不可少的,所以我没去现场。"

我看见了土墙下面的小蛤蟆,它失去了一条腿,正在艰难地缓缓爬动。我想,这个有灵性的小东西,它是见证人啊。

"荒,我冒昧地问一下,天鹅来过了吗?"

"不知道。"她神情迷茫地摇了摇头,"我想这没关系。只要发生过的,就不会消失吧。比如蛤蟆,虽然不能上天,也同样能看见。"

"我真后悔。我听到它们叫,为什么我没起床?"

"现在我讲给您听了,您又看见了小蛤蟆,这也等于您同城墙一道经历了暴风雨和那种奇特的山洪,难道不是吗?"

"谢谢荒,十分感谢。我感到我里面正在起变化,真好啊。"

荒会意地点头,她为我感到高兴。她将两个手掌压在土城墙上,说这样可以摸清洪水到来和离去的路径。她用手掌一路摸过去。我也学着她的样子抚摸城墙。当然我什么也没感觉到。荒说我是新手,要将脸颊贴上去。我照做了,但立刻就被一个弹簧一样的东西弹开了。我痛苦地捂住了脸。荒在旁边鼓励我，要我别灰心，再尝试一次。于是我又胆战心惊地将左边脸贴到土墙上。这一次，我听到了美妙的流水奏出的乐章。

后来我问荒："冲过来的山洪就是它吗？发源于大黑山吗？"

"否则能是谁？"荒说，"它只是表面上很狂暴罢了。我们家的小述比它更狂暴，我知道她就是那一种，从小就是。"

小蛤蟆爬上了墙头，它的新腿已经长出来了。"天啊！"我惊呼道，"难道这地方的生物都像这小家伙一样吗？"我凝视着它。

"您说得对，越。不过这是您的发现，您还会发现越来越多的新鲜事。自从我们的城墙在这荒地里建造起来之后，这些个小生命就变得怪怪的了。我以前从未见过——"

荒的目光投向他们的房子的方向。在房子的平顶上，父女俩正挥动着两面金黄色的三角旗，天上有大雁经过。

"啊——啊！"我激动地叹息道，几乎语无伦次地说，"你们，不，我们，天上的，地下的，都为这城墙而来。您告诉我，我们是在什么地方？"

"您在您自己的家里啊。"荒说。

我和荒朝家里走去。我听到小述在喊话。荒说小述是在喊她的朋友们，她的朋友太多了，天上的地下的都有。"她就是做梦都在喊它们，所以我看到大雁落在她周围一点也不觉得惊奇。她从来不认为自己是一个人在孤独地做一件事，她认为自己有一大群……"荒又说。

"是啊，荒，我刚见到小述时就发现了这一点。不过那个时候我还不懂得您的女儿，您也知道，她比像我这样的成年人复杂多了……"

我还没有说完荒就哈哈大笑，令我很难堪。

"不，不是那样。"她笑完了之后说，"她是一个很简单的小女孩。时间长了您就会知道的。"

当我将目光再次投向那屋顶上时，父女俩已不在那里了。

"您再看城墙吧。"荒说。

我转过身，果然看到他俩立在墙头了。难道他俩是飞毛腿？

"他们走的是捷径。这就是我们这个地方的特点，总是有捷径可走。如果您住的时间长了，小述就会带您进入那些通道去参观。"

我突然意识到我的视力已经变得很不可思议了。小述和她的爹爹现在是身处城墙一头的末端，那里显示出还没有完工的景象。我怎么会看得这么清楚的？按小述的说法，我同他们之间的距离至少有十五公里啊！

"越，我真高兴啊。"荒说道。

她的脸上洋溢着喜悦之情。

"忽然您就来了。每次小述带回一个客人，我都由衷地感到快乐，所有那些恐慌和焦虑就都被抵消了。这有多么好。"

"谢谢您，荒，我也由衷地感到快乐。"我看着她的眼睛说。

食人鱼和我们

老人已经很老了，不过体力和精神都还不错。他住在水塘边上，他家门口有一株开白花的大槐树，屋后还有一大片菜地，土里生长着不用打理的紫苏和洋姜。我们常去偷他的洋姜来做腌洋姜吃。我们，小驼和我，是这样想的，反正这么多洋姜老头也吃不完嘛。果然，即使老人发现了我们在偷他的菜，也从不干涉。

老人是退休后又过了好多年才搬来的。他住的这栋青砖房以前是空房，我六七岁的时候常去那里玩，因为房子的门从来不锁。那时我和小驼称这房子为"鸟屋"。鸟是从缺了玻璃的窗户飞进去的，不知道是什么品种的鸟，居然头上有扇形羽冠。开始是两只，在古旧的大柜上面做窝。后来就变成了六只。我们那时只短暂在屋里停留，一出来就用竹片将大门插上。我们很怕别的小孩进去捣乱。我记得小鸟刚长大，鸟窝就被它们大家遗弃了。大约都觉察到了隐藏着危险吧。

我和小驼是一块儿长大的两个男孩，兴趣爱好也基本相同。以前我们动不动就去那空房里休息，聊天，有时也去藏我们的宝贝。我们坐在那张高高的八仙桌上，晃荡着两腿聊些离奇古怪的事。多年来，我们都将那空房看作了我们自己的房子。可是忽然有一天，这位老人搬进来了。不知道他是自己看中了这空屋就强行占据了呢，还是我们造船厂的领导让他搬进来的。我们去他家问过他，但他不回答，也不看我们，他好像是个聋人。那一天我们看见老人已将屋里打扫得干干净净，床上铺着整洁的蓝印花床单，墙上还挂了一根钓竿呢。当时我想，糟了，这人会将水塘里的鱼钓光的。后来的事实证明我错了，因为从未见到他在水塘边钓鱼。他总是傍晚背着钓竿和竹篓去一个叫"长塘"的地方，夜里大概睡在那边一个亲戚家，到了早上才带着自己的收获回家。我和小驼都认为这聋老头的生活其乐无穷。

"蝴蝶（这是我父母给我取的名字）啊，"小驼说，"那间房子是个福窝，想想我们从它那里得到的快乐吧。可是怎么一下就落到这位老人手里去了？简直神不知鬼不觉啊。他是个有谋略的人，应该有暗中策划。"

我觉得小驼想得太多了。一间无主的房子，谁都不要，碰巧有某个人看中了，就去占据了。这种事应该常发生吧。这事用不着觊觎他。何况我们还常去偷他的洋姜。但从小驼脸上的表情来看，又不像是觊觎老人，而像是要努力进入老人的某种境界似的。

我们这地方常遭雷击，有时也有人被击中，烧焦。我注意到老人是一点也不在乎这种天灾的，可能因为他耳聋，根本就听不见吧。夏天里打雷时，他手执一把芭蕉扇坐在敞开的屋门口，任凭一道一道雪白的闪电划开天地，一个个炸雷落到他屋顶上，他连眼都不眨，照旧摇着扇子喝他的浓茶。小驼很想学老人的这种派头，便选在打雷闪电之际站立在他家门口的大槐树下，双手叉腰。可悲的是他被击中了，至今左腿走路还是一瘸一瘸的。

"这是我的成人礼，"小驼笑嘻嘻地说，"那一刻我有说不出的痛快。"

我觉得我的朋友在夸大其词。干吗没事找事？活得不耐烦了吗？

我的兴趣在钓鱼上面。听说叫"长塘"的那条小河里鱼不少，可是当地居民不容许外来的人去那河边钓鱼。至于老人，我猜想他同那边的一家人是亲戚，所以也可以算是长塘地区的人了。我想，如果我能冒充老人的孙子，偷偷地去那边钓鱼该有多么好啊。这事想得太多，有一天就真的开始实行了。

我和他傍晚出发，我们之间隔开两三百米，一齐走在那条路上。我也背着钓竿和鱼篓，还背了个睡袋，打算夜里睡在河边。

因为太兴奋又充满期待，所以不停地走了近三十里路我也不觉得累。到长塘时天色已晚，我看见老人向那边有房屋的处所走去，大概是他亲戚家吧。我呢，就在河边仔细侦察，然后找到一个较舒适的位置，就开始放钓竿。我的手在发抖，我想象着许多鱼都来咬钩的场面。黑暗中听见有人在叫我："蝴蝶——蝴蝶！"

是一个比我小很多的男孩，他扒开灌木丛到了我的面前。

"你是蝴蝶吧，冯爷要我来告诉你，你必须马上回家，不然就会死。"

冯爷应该是老人的名字，他是怎么知道我跟在他后面来了的？

"小弟弟，为什么我会死呢？"

"这河里没有鱼，只除了一条吃人的鱼。"他说。

天啊，这小孩在撒谎。所有的人都知道长塘里面鱼很多，我的一个朋友就偷偷地来钓过鱼呢。见我不肯离开，那男孩鄙夷地朝地下啐了一口就走掉了。

这事真蹊跷，冯爷究竟是怎么知道我在这里的？在来这里的一路上，我同他离得那么远，他也一直没有回头来看我。他为什么要恐吓我，不肯让我满足一下钓鱼的渴望？我来钓一两次鱼，并不会损害他的利益啊。

我静下心来钓鱼。天比较黑，风吹得有些瘆人，附近一个人也没有。不一会儿我就钓上了一条，我用手电一照，哈，居然是条锦鲤！我心里是怕鬼的，可是钓鱼的瘾占了上风。一不做二不休，就是被鬼抓了去也要先过钓鱼的瘾。过了一会儿，我又钓上了一条锦鲤。真奇怪，这河里这么多锦鲤。在我们那边，锦鲤是比较珍贵的。再过了一会儿，我感到鱼线被绷紧了。我用力拉上来，又是一条锦鲤，而且个头很大。这下我真乐坏了。

我在心里决定：如果钓上了十条锦鲤就直接回家。

可是后来就没有好运气了。好久好久，我还是一直坐在原地。

一个陌生的声音在灌木丛里响起，我全身瑟瑟发抖了。

"蝴蝶，你这坏蛋，你不怕死吗？"

"您是谁？"

"我是冯爷。这河里有食人鱼，它已经朝这边过来了。"

"冯爷您好。我待在岸上，食人鱼怎么会威胁到我？"

"不要说待在岸上，就是你待在屋里也危险。这里是长塘，食人鱼的老家。"

"太奇怪了。"

"哼。"

我收了钓竿和我的物品，打算跟冯爷走。我怕死。可是冯爷对我说，不要打他的主意，他今夜也没地方可去，只能去村里游荡。我说我想回家。

"真是异想天开！"他冷笑一声，"你钓了长塘的鱼，说走就能走吗？我看啊，你这种态度的后果凶多吉少！"

"那么我跟您走，也去村里游荡。"

他没吭声，转身离开岸边。我盯着老人黑黑的背影，离他两丈远，在焦虑中迈步。村里那边有狗吠，也有公鸡打鸣，真是沸腾着活力啊，就好像是早晨了一样。可现在还是半夜。我心里有一股冲动，于是我喊了出来："冯爷我爱您！我，还有小驼，我们崇拜您！您听到了吗？"

我不知道他是否听清了，他头也不回地走。慌乱中我的睡袋丢失在灌木丛里了，我也懒得去找。现在我应该紧跟冯爷。我看见冯爷消失在前面的一个草垛里。我连忙跑过去，口里喊着"冯爷"，也钻进了草垛。草垛里有个洞，冯爷不在洞里。于是我出来了。有两个人背对我在草垛旁说话。

"今夜河里不太平。好久没有过的事了。"一个说。

"是不是要起义？我觉得自己就等着这一天呢。"另一个说。

接着两人也大声叫起来："冯爷！冯爷！"冯爷没回答。先说话的那人说，他们是不是中了冯爷的计，还说老头子要"在长塘河里掀起千重浪"。说着说着两人都变得十分恐慌，就钻进草垛的洞里去了。我很后悔刚才将那稻草洞让给了这两个人，这一来我就没地方休息了。周围没有其他草垛，那些房子一律黑糊糊的，好像都是门窗紧闭。现在我才感到自己有多么累。我放下鱼篓和钓竿，就地坐下来。地上长着一些乱草，但稀稀拉拉的，并不能给我带来舒适。我听见鱼篓里面的那条大锦鲤在拼命蹦跳，篓子也跟着它一跳一跳的。我懒得去管，反正它不可能跳出来，就折腾吧。我干脆躺下睡觉吧。于是我看了一眼昏暗的天空，很快就入梦了。那鱼篓一直在我梦里蹦跶，好像生出了脚，蹦到远处去了。我知道这是梦，就继续做下去。

一直到我睡了一大觉醒来，天还是很黑。长塘这边的夜晚真长啊。我往地上一看，鱼篓不见了，它果真跑掉了。那是一条什么样的怪鱼？但也有可能是草垛里的那两人将它们偷走了。唉，我怎么睡得这么死！

我记起冯爷说过现在还不能回家，有危险。看来真的有危险啊，我在长塘河里任意钓鱼，而钓上来的鱼不是鱼，像是什么永生的动物一样。后面说不定还要发生更为离奇的事呢。啊，那两个人在草垛里打起来了，草垛剧烈地晃动。过了一会儿，那一大堆东西居然也像长了脚一样往前蹦。这地方的人和动物怎么如此暴烈？我得马上离开这个是非之地。我捡起我的钓竿就走。既然没地方可待，我就先走着瞧好了，挨到天亮再回家吧。

我走了没多远，就看见了冯爷。冯爷心事重重的样子，但我很高兴。

"冯爷啊，您总算来了！可是我的鱼跑掉了。"

"不要管那几条鱼了，它们回河里去了。你一来就钓鱼，太可怕了。"冯爷想起了什么事，又问我，"那个人是你叫来的吗？"

我往他指的方向看去，果然有个人坐在河边。越走近，我越觉得那人像小驼。

小驼尾随我到来了吗？很可能。我应该早就估计到的。他和我爱好相似。既然我尾随冯爷过来了，他当然最有可能尾随我。可是我一路上从未想到这一点。

冯爷做了个手势让我别出声。他走到河边，弯下腰去搬什么东西。接着我就听到一声巨响，河里的水花溅起了一丈高。水里有个巨大的黑东西升起来了。冯爷小声对我说快跑。我同他一块儿跑离了现场。当我喘着气在草垛旁停下时，我立刻想起了小驼，想起了他身处的危险。

"你往哪里去？"冯爷厉声说，"你的朋友不会有危险的，刚才我是敲山震虎，食人鱼已经回河里去了。"

"谢谢您，冯爷！您真好。"

"哼，我可不想做好事！那小家伙想逞英雄，我偏要让他失望。还有你也一样。你现在失望了吧？"

我失望了吗？我的鱼跑掉了，我也没能经历险境，只不过在路边的泥巴地上睡了一觉，为这我就该失望吗？我拿不准。这种事也许只有冯爷知道。

我走进草垛的洞里看了看，那两人已不在里边了。天还是很黑，我招呼冯爷同我一块儿进草垛里休息，冯爷说这倒是个好主意。

但冯爷进到洞里之后就消失了，只剩我一个人在里面。我在稻草上坐下来，感到很舒适。这些草是多么新鲜啊。过了一会儿，又有一个人摸进来了。我知道他是谁，我很生他的气。

"蝴蝶，我是因为爱你才尾随你过来的啊。"小驼不好意思地说。

"爱什么爱！我看你是来找死的！"

"就算是吧。可你不也是吗？这地方真美！我坐在河边，食人鱼咬了我的钩——那种感觉，那种感觉……"

小驼似乎沉浸在疯狂的想象之中。原来他都知道啊。我回忆起冯爷对他所做的事，在心里惊叹着冯爷的敏锐。长塘，究竟是一个什么样的地方？当我躺在稻草上的时候，我感到我已经喜欢上了这个地方。可是天马上要亮了，天一亮，我和小驼就得赶回家去。这是冯爷规定的。

小驼在黑暗中弄得什么东西响，我问他是什么东西。

"是你的鱼篓，我帮你捡来了。里面的那条锦鲤将空篓子扔给了我。"他说。

"真可怕，它们都是一些神鱼。我冒冒失失就去钓鱼了。"

听我这样说，小驼就干笑了两声。那么，他也是冒冒失失去钓食人鱼吗？还是早有预谋的呢？他不是一直在向冯爷学习吗？

"他们叫他冯爷。"我又说。

"哦。"

小驼在想心事。他不想同我分享，也许他认为他刚才的激情没法分享。

我们听到村子里狗在叫，鸡也在叫。这是一个多么有活力的地方啊。以前我在家里的时候，每次向父母提起要去长塘，就遭到他们的嘲笑。他们说长塘是一个"鸟不拉屎的穷地方"，如果我去那边，穷汉们会将我身上的衣服都抢走，让我赤身裸体走回来。看来他们对这个地方感到恐惧，为了什么呢？他们也知道冯爷在这边有亲戚朋友，他们是如何看待冯爷这个人的？他们从来没透露过。小驼的家人也知道小驼在学冯爷的派头，可他们也没阻止他。现在我和他都来这边了，我还见识了真正的长塘人，他们也没把我怎么样，反而留下草垛让我和小驼去享受。还有那个小毛孩，与其说他是来威胁我的，还不如说他是来给我报信的呢。

"蝴蝶，你对这里印象如何？"小驼终于开口了。

"我喜欢这个地方。我们以后一星期过来一次吧。"

"我赞成。刚才我没告诉你，我其实已经与食人鱼接触过了，在冯爷到来之前。"

"天啊！"我惊呼。

"它靠近了我，它的嘴挨到我的脸，我闻到了很腥的味道。不知为什么，我竟喜欢上了那种味道。刚才我一直在回忆那种味道，似乎那有无穷的魔力……"

"唉，小驼啊，"我暗暗叹道，"你这家伙是怎么回事？"

我一抬头就看见白光一闪，已经天亮了啊。现在狗也不叫了，鸡也不叫了，真奇怪。我俩走出草垛。我背着我的鱼篓，他背着他的鱼篓，我们的鱼篓都是空的。

上了那条路，我们朝家的方向走去。

都回来三天了，我仍然在做关于食人鱼的噩梦。第三天晚饭后，我终于忍不住了，就出门去看望冯爷。

冯爷在屋里做饭，弄得一屋子烟。我耐心地站在外面等。后来他终于做好了。饭菜摆上桌，屋里的烟也淡下去了。冯爷只有一碗菜，一块一块的，散发出鱼腥味，那味道让我想起小驼说过的食人鱼口里喷出的味。

"冯爷，您今天吃什么菜？"

"还不是长塘河里捞出的东西，能有什么别的！"

他对我说话了，他不再沉默了，我真高兴。我想，他，还有小驼，都认为这种鱼腥味是世界上最好的美味。为了保持这味道，他甚至连紫苏也不放。

屋里黑下来了，只有饭桌上点了一盏很小的油灯，微弱的光照着冯爷的那碗菜。我看见碗里的鱼块跳动了，于是用力眨了眨眼凑近去看。

"不用看了，都是些小鱼，比虾大不了多少。"冯爷说。

"食人鱼？"我轻轻地说。

"对啊，你真灵通。"

冯爷吃饭很快，碗里的鱼被他吃光了。他很满足地坐在那里，像要打瞌睡了似的。他的右手一挥一挥的。最后我忽然听清了两个字："小驼。"

"小驼怎么啦?"我连忙大声问。

"小驼将鱼苗放进门口的塘里了。"他忽然清醒地说,"昨天放的。"

"哦。他在做实验?"

"不,不是实验。是他要让自己有危机感。"

我沉默了。我在回忆小驼的表现。他已经上路了,我的朋友。这就是说,他已经用不着每隔几天就往长塘那边跑了。我知道,他如不想出这一招,是抵御不了长塘河的魅力的。啊,食人鱼的后代!我想象水塘里挤满了它们的样子。

我在路上碰见了小驼,我把他吓了一跳,因为他在想心事。

"你去哪里?"我问。

"我在找你啊。蝴蝶,你别回家了,同我一块儿去睡在水塘边吧。我在那里放了两张竹床。我们好好地玩一玩。"

"玩什么?听它们在塘里唱歌吗?"

"对啊!可你是怎么知道的?"

"是我自己瞎猜的。"

我们在竹床上睡下了。冯爷知道我们在塘边,可是他不出来。

多么惬意啊。小驼这鬼精灵,只有他才想得出这种点子。我俩自然而然地都不说话了，因为我们都知道周围的寂静里隐藏着什么。

水塘的深处骚响了一阵后，传来了隐隐约约的歌声。那歌声令我浑身发抖。接下去我听见我自己也在唱。

"你唱什么歌？"小驼小声问。

我没有回答他，我不知道我在唱什么，但就是忍不住唱。我的歌与食人鱼的歌有几分相像。可我又觉得它们并没有唱，是我一个人在唱。

"蝴蝶，你唱得真好。"小驼由衷地说，"我不知道你这么会唱歌。"

"不，我以前从没唱过歌，"我说，"在你听来，我是在唱什么？"

我这么一发问，又轮到他沉默了。我们都听见冯爷在屋里用力咳。他一咳，塘里就变得寂静了。食人鱼刚才到底唱没唱？在冯爷的咳嗽声中，我记起了去年的一件事。

当时他在他屋后的那块土里挖洋姜，我看见他挖得很卖力，心里就有点羞愧——我觉得我应该去帮他挖。可是我又不敢，毕竟我和小驼偷走了土里的一大半洋姜。他似乎一点也不在乎我们的偷窃。我忍不住想，或许他根本不喜欢吃洋姜？但他还是挖得起劲，忽然有个亮闪闪的东西被洋姜的那一大团根带出来了。我看见了一根金条。他弯下腰去捡金条时，我连忙逃走了。当时我想，冯爷运气真好啊。接着我又想，也许金条是他自己埋的？他为什么将金条埋在土里？万一别人挖了去呢？我一路上想来想去想不清这事。后来小驼叫我去船厂厂部娱乐室打乒乓球，我就将这事忘了。

"冯爷从那块土里挖出了金条！"我忍不住对小驼说了。

"嗯。我看见他埋进去的。"小驼说。

"他干吗将金条埋进土里？"

"为了给自己一个惊喜啊。你这刨根问底的坏蛋！"

那一次，我甚至怀疑小驼与冯爷是一伙的了。可是不会，我太了解小驼了，他同我一样，从未同冯爷说过话。可他是怎么揣测冯爷的？

躺在这凉风习习的塘边，看着上面黑灰色的天穹，我感到自己是如此渺小。这个渺小的我又如此焦虑，觉得自己还有很多乐趣没享受到，也不知如何去寻找它们。小驼是知道这些事的，他也有很多办法。我以后得紧盯他的一举一动，再也不单独行动了。

"小驼，我很想每天给自己一个惊喜。"

"哦。那你就向冯爷学习吧。"

小驼的话太笼统了。我怎么去向冯爷学习？我完全不知道冯爷想些什么！

"用不着揣测他，学他走路的样子就可以了。"小驼又说。

冯爷走路是什么样子？我懊悔自己从未注意过。我一直认为所有的老人走路的样子都差不多。小驼却能看出差别！

水塘里的鱼又在发出些含糊的声音，大概因为冯爷停止咳嗽了吧。鱼啊鱼，我在心里说，你们也在找乐趣吧。小驼将你们带到这里来，就是想每天给他自己一个惊喜啊。你们和他，真像一根藤上的老黄瓜……

"胡说八道！"小驼斥责我了。

"你怎么知道我在想什么？"我诧异地问道。

"你在想些什么，我的鱼都告诉我了。"

"难怪你让我躺在塘边。你啊，同冯爷一样精。"

"嘿嘿。"

我静下心来，不再想那些乱七八糟的事了。我细细倾听。但是食人鱼不唱歌了，它们发出的声音是听不明白的，只有小驼听得明白。就在此刻，当我倾听食人鱼之际，我突然记起了冯爷走路的样子，那形象很清晰。于是我对自己满意了。

当我快要入睡时，冯爷讲话的声音就传来了。他好像走到了我的附近，但我看不见他。我用力挣扎着想要保持清醒。

"蝴蝶，小驼，你们这两个坏蛋，你们睡在我的家门口，是要给我点颜色看，还是要剥夺我的权利？我警告你们，我还不算太老。就算我已经老了，姜还是老的辣呢！"

我听不懂他的话，只感到他在威胁我。我的眼皮粘在一起，要费很大劲才睁得开。好不容易睁开了，却又见不到冯爷。他究竟在哪里说话？小驼听到他说话了吗？为弄清这事，我干脆坐起来了。我弄出的响声惊动了小驼。

"蝴蝶，你在干什么？我刚睡着就被你吵醒了。"

"刚才冯爷来了。你知道他在哪里吗？"

"他总是来的。他就坐在塘边，浅水区那一块。我要睡了。"

小驼翻过身去又睡着了。看来他的心大，不在乎什么威胁不威胁的。

我踮着脚走向塘边的浅水区，果然看到冯爷坐在水中抽烟，红光一闪一闪的。

"你看，它们都来了。"冯爷转过头友好地对我说，"它们啊，全是为我而来！我刚才对你说我还不太老，这下证实了吧？"

他拉住我的手臂，叫我也坐在水里。

我刚坐下去右脚就被咬了。我撕心裂肺地叫，差点晕过去。

过了一会儿我才听见冯爷在说话。

"不要紧，蝴蝶，忍一忍就好了。这些小家伙，它们是来认亲的。你的血让它们认出了你。这种欢迎仪式有点鲁莽。"

现在我和冯爷都坐到塘边的干地上来了。小驼也来同我们坐在一起了。我的脚板那里还有点疼，不过好像伤得并不那么深。所以我很惭愧。

小驼央求冯爷给我们讲讲从前的食人鱼的故事。

"食人鱼从前没有故事。"冯爷干脆地说。

"您去长塘之前它就在那里吗？"小驼问。

"我去长塘之前，没人看见过它。"

"您一去那里，它就出现了吗？"小驼兴奋地说，语速变得很快。

"对，就是这样。它认出了我。"

啊，啊！居然有这种事！回想起我刚才被咬的一幕，我又发抖了。冯爷和小驼，他俩渴望这个！他们正在将我们这里变成另一个长塘，这样他们就用不着往那边跑了。这都是小驼的鬼点子。小驼是从哪一天起变得同冯爷心心相印了的？

天亮了，水塘里静悄悄的。冯爷要我和小驼将竹床搬走，说他"看了心烦"。

我们将竹床搬回小驼家，小驼的妈妈嘲笑我们说："癞蛤蟆想吃天鹅肉。"

小驼不愿听他妈妈唠叨，就和我一块儿走出来了。

"小驼，你在想什么？"

"想我的那些鱼苗。蝴蝶，万一我出了事，你会帮我照顾它们吗？"

"你，出事？出什么事？"

"我不知道。我妈妈说的。因为我做事鲁莽啊。你说，你会吗？"他热切地问。

"不就是打草喂它们吗？我当然会！我发誓——"

"不要发誓，不要！发誓很危险。"

"但我还是不明白。"

小驼指着前方让我看。我看见一个男孩站在前方的柚子树下。他很像我在长塘遇见的那个小孩。我走拢去，问他是不是从长塘来。他朝地下呸了一口，飞快地跑掉了。这时我听见小驼说："糟了。"

"什么事糟了？"

"这个小孩是个探子，他发现我偷了他们的鱼苗。"小驼皱起了眉头。

"他应该不会找你的麻烦吧。上一次他预言我会死，我现在不是好好的吗？"

"嗯。可这事没人有把握。这孩子不依不饶的，我倒是很喜欢他。"

我同小驼告别后，又经过冯爷家。冯爷躺在门口的树下抽烟，那旧躺椅被他弄得吱吱作响，他的样子很惬意。

"有一个小男孩——"

我刚开口，冯爷就一挥手打断了我。

"你是说牛儿吧。他在我房里，他住下了，说不走了，要在这里养鱼。唉，真是个见异思迁的小家伙。现在的小孩，脑筋这么活，今非昔比了啊。"

我放心了。一想到那小孩是来帮着小驼养鱼的，我心里就变得无比轻松。现在我们有四个人了。四个人为着一桩事业忙碌，每天都有有趣的事发生，每天都过得充实——可是小驼为什么担心要出事？他说自己做事鲁莽，可是我越来越觉得他是个心计很深的人。他正在变得越来越像冯爷。我回忆起那时他在雷雨天站在冯爷家门口的槐树下锻炼胆量，后来被雷击中的情形，心里感叹不已。我同他比起来，真是差得太远了。这个小驼，他才一点都不鲁莽呢，他几乎称得上是个阴谋家！

那一夜，我躺在床上想小驼的事，想我和他的友谊，想我和他的不同的行事的态度，想得都快睡不着了。我感到自己已经悟到了一些事，我有点高兴，因为这也是冯爷对我的期待啊。近来围绕这水塘发生的事太令人兴奋了。

　　后来我进入了梦里。我的梦里很黑，周围只有几个影子，这些影子同我很熟。我和影子蹲在塘边倾听，我满腔激情。

一种特殊的矿藏

青香这傻姑娘，又躺在灶边的宽凳上打起了猪婆鼾。刚才她还在同我说话，问我地下煤矿在这一带是如何分布的，做出害怕的样子问了又问。如果她真害怕的话，怎么会一转背就入梦了呢？这个狡猾的家伙，我得提防着她点。

"二保，你觉得你姐姐是去哪里了呢？"母亲问我。

她坐在灶边纳鞋底，一只手柔和地抽出麻线。我知道她并不为木香担心。她从来就没有为她担过心。

"大概是去湖区吧，"我随口说，"妈妈，你愿意她去哪里？"

"我愿意又有什么用呢？她才不会听我的。"

爹爹和尺叔都停止了抽烟，一言不发地坐着，不知道他们在想什么。

我忘不了那天下午的事。我和木香到了很深的下面，可能是煤矿的地下层。那里一点光线都没有，幸亏我们带了矿灯，矿灯是在镇上的旧货摊上买的。矿灯变得幽幽的，只能照到脚下一点点地方。用手一摸，就知道周围都是最上等的货色。但也不一定，也许只是红土层呢。矿灯微弱的光线照不出颜色。我其实带了打火机，但我不敢点燃，害怕这些煤像上次一样烧起来。我们已经来到了比上次深得多的地底下，如果它们燃烧起来。我们非死不可。木香要我坐下来休息。

"有病并不可怕，兴许还是好事呢。"她是说我。

她说着就捏了捏我的手，令我感到心神激荡。

突然，我捕捉到了单调均匀的挖掘声。木香说可能是湖区的美莲，也可能是她那里的某个汉子，因为"他们最喜欢同煤矿较劲，没事就挖来挖去"。

当我和木香屏住气倾听时，挖掘声却又停止了。

"木香，我们上去吧。"我声音颤抖地说。

"好。"

我姐姐镇定地站了起来，走在我前面。我多么佩服她啊。

她一会儿往左拐，一会儿往右拐，我几乎跟不上她。可是很快我们就看见那着火的煤层了。那么可怕！我被呛得发不出声。木香将我往旁边一推，独自朝那火海走去。我跌在黑糊糊的水沟里，动弹不得。有人在叫我。

"二保，你伸出手来啊，你这个怕死鬼！"

我朝前伸出一只手，那人一把抓住，用力一拽，我就到了外面的露天里。

原来是那矮小的湖区汉子。他显得更瘦、更憔悴了。

"你在干什么？"我问他。

"探险啊。"他茫然地说，"我们不像你姐熟门熟路，我们远道而来，可我们也有好奇心。你说是不是？"

"可能吧。"我拿不定主意怎么回答他，"你发现了什么？"

"糟糕的就是什么也没发现！我只要一靠近那些煤，就被弹开了。比如刚才，我以为我已经死了呢，结果却跌在水沟里。"

"你不怕死，对吗？"

"对。可这里没有机会让人送死。我试过好多回了。煤的意图捉摸不透。"

他显然不想和我多说了，他往旁边一条岔路走掉了。我看见他的衣服下摆被烧焦了，他的头发也被烧坏了，散发出臭气。上次我和木香遇见他时，他还是个年轻的汉子，现在他已经显老了。这个家伙老在我们的煤山里转悠，是要找什么呢？或者什么都不找，只是像他说的，在试探煤矿的意图？湖区的人老奸巨猾，永远不讲真话。比如尺叔，我就从来不知道他话里的意思。这个人一定在胡说八道，谁会故意去寻死呢？他居然知道我的名字！当然，是他们的人告诉他的……或者竟是木香告诉他的。他妒忌我姐姐，因为她可以在火里头穿来穿去，不受损伤。他们这伙人，究竟跑到这里来搞什么样的活动？他们都在湖区活得不耐烦了吗？他们现在已经不再来拉煤了，看来以前他们用卡车拉煤回去，并不是为了取暖。

我不敢把这事往深处想，一想就感到毛骨悚然。哈，木香出来了，她若无其事地在我前面走。我一叫她她就站住了，转过身来。

"有人要跟你捣乱，就是上次来的那个湖区人。"我说。

"我看见他了。他不算什么，尺叔才是真厉害。"木香若有所思地说。

"你真行。"我赞赏地说。

"那人在撒谎，"我又说，"他说他是来寻死的。又说他死不了。"

"这没什么稀奇。周围全是这种人，我慢慢地把他们弄清楚了。我问你，二保，你干吗要对这种事有这么大的兴趣？"

"因为，因为……因为我有病啊。"我结结巴巴地说，"再有就是，我想向你学，什么地方都敢钻去，火也烧不着你。"

木香笑起来，连声说："胡说八道，胡说八道……"

我们很快就回到了家里。爹爹告诉木香说有一个外乡人来过了，魂不守舍的样子，说想借宿，爹爹没有同意。木香扬了扬眉毛，说了那湖区男子的特征，爹爹说就是他。

"尺叔当时在家吗?"我插嘴问道。

"小孩子别乱问!"爹爹瞪了我一眼。

我走到里屋，看见了尺叔。他正在摆弄那炉火，蓝色的火苗直往上蹿。我们刚才的对话大概他都听见了。他抬起头看着我说："你哪里像个有病的人啊，我看你的病全好了。"

我红了脸，想逃进自己房里去，可又被他叫住了。

"二保啊，我在夸你呢。你将来一定会像你姐一样有出息的。"

他说着就给我一根番薯条，我接过就啃起来，因为确实饿坏了。

春暖花开之后，煤的重要性就没有那么明显了。当然我还是一有机会就去那几个地方侦察，想发现点什么。一共有两次，我独自下到天然矿井里，但两次都一无所得。以前我和木香来时，我总看见火，闻到烟。可是当我独自下到那里时，周围静静的，既没有火也没有烟。

我将矿灯高举，看见的不是优质煤，而是煤和泥土混在一起的那种东西。而且这个"井"并不深，走十几步就碰壁了。这令我怀疑：上次同木香来的是不是这个井？后来我就不下井了，改为到山里头转悠。

木香从家里消失后，尺叔就老念叨着要回湖区去了。我觉得他不是真的要走，他只说不做，因为并没有谁拦着他嘛。

除了尺叔，家里没人提起木香，也许我的父母对我姐姐很放心。

尺叔往往是在傍晚时分说起木香。那时大家围着八仙桌坐好，准备吃饭了，尺叔就会突然冒出一句："木香今晚会不会也吃豆角？我记得她最爱吃豆角。"

刚开始听到这种话时，妹妹青香总会哭起来。于是爹爹就铁青着脸，骂她是"扫把星"，还说她"把好事搅成了坏事"。被骂两次之后，尺叔还是说同样的话，但青香就不再哭了。我私下里问青香为什么要哭，她说她觉得姐姐已经死了。我又问她现在为什么不哭了，她说她又觉得姐姐还活着。我就暗自思忖："我这个妹妹同我姐姐一样复杂啊，可得提防着她。"

"我现在为什么还不走？"尺叔看着我说，"我担心的是你。二保，你可要自爱自强！我在这里一天，就可以指导你一天，对吧？"

　　"你究竟担心我什么事？"我有点蛮横地问。

　　"当然并不是真的担心。老人的生活经验总是有用的。"

　　我气呼呼地回到自己房里。从我的窗口望出去，可以看见煤坡。远远望去，总觉得那黑糊糊的一片会是上等的好煤。当你走到跟前，又发现并不是那么一回事。我可不愿尺叔监视我。其实他在家里也并不跟着我转，他用不着盯我就知道我在想些什么。不知怎么，我盼望他提起木香，又有点害怕。毕竟，木香没有同我告别就走了。是不是因为木香走了，那些矿井就渐渐淤塞了？从前的天然矿井是怎么形成的？仅仅由于木香、美莲这类人去探望，它就自动形成了吗？在我的夜里的想象中，这两位女孩同煤是友好的，煤矿欢迎她们。而那湖区的汉子和我，却是不受欢迎者。那人的衣服和头发不是被烧坏了吗？也可能是看到他被烧焦的头发和衣服，爹爹才不让他借宿的。啊，有人在窗口叫我！是美莲。

　　"二保，你愿意同我去放火吗？"她说。

　　"放火？"

　　"并不是真的放火，就是玩玩。"

　　我溜了出去，我听见尺叔在我背后说："越是有病越要抓紧机会。"

　　黑暗中，美莲抓住了我的手，我们跑了起来。我有种腾空的感觉。会不会是飞到木香那里去？这个在煤乡神出鬼没的湖区女孩，怎么会想起来邀我的？奇怪，我们所经过的，全然不是我熟悉的路。

"美莲美莲，我们是到木香那里去吗？"我喘着气问她。

"不要问！你问不出来的。因为我不知道。"

她用力攥紧了一下我的手，她的手变成了又冷又硬的东西，我疼得叫了一声。

她似乎很懊恼，甩脱了我的手，停了下来。

我发觉我们已经在山坡上。美莲背对我站着，用打火机去点燃坡上的煤。我吃惊地看着，觉得她的想法太疯狂。她耐心耐烦地用小小的火苗在画圈子，画了一轮又一轮。我站在那里，腿发麻，心里对她失去兴趣了。

突然，一阵酷热的气流穿透了我的身体。我转过身来，发现整个煤坡变成了橘红色的水晶宫，奇怪的是那些火苗一动不动。我恐惧地叫喊："美莲！美莲!"

但美莲不在，也许她到水晶宫里头去了。热辐射令我汗流浃背，我本能地往坡下跑去。到处都是火的水晶宫，除了我脚下这条窄窄的泥巴路。我跑得很累，我刚才上山反而轻松，就像是飞上来的一样。我听到尺叔在坡下喊话。

"美莲，你可要挺住啊!"

美莲在哪里？汗水滴到眼里，很痛。后来我干脆一头滚下了坡，落到一蓬青蒿上面。啊，这可是救命草，沁人心脾，消除燥热……

"二保，你真的长大了嘛。"尺叔在我耳边说。

我很狼狈地爬了起来。尺叔拍着我的背唠叨着："你瞧，你瞧，全发动起来了！这太好了！"

我回过头看山坡，只看见一片黑糊糊。美莲躲起来了吗？

尺叔好像听见了我的思想一样，回答说："她当然躲起来了。这里到处都能躲人，不像湖区一坦平洋。"

我很不情愿地跟随尺叔往家里走。我是多么羡慕美莲和木香啊！她们是真正的夜游神，神出鬼没，还可以将煤坡变成水晶宫。我羞愧地回忆起美莲的铁钳一般的大手。那双手不是已经向我显示了她的力量吗？我怎能同她比？

这几天"倒春寒"，天气又转冷了。寒冷的家里已经生好了火，尺叔让我换上干衣服坐在火边的宽凳上。

家里人都睡了，尺叔也显得睡眼蒙眬。

"我知道你的想法，不过现在还不到火候嘛。"他打着哈欠说。

他开始封火了，催我快去睡觉。催了两遍，见我没动，他就凑近我看着我的眼睛，说："你这个小家伙是怎么回事？想从家里出走吗？"

我点了点头。尺叔笑了，露出那颗断了半截的门牙。他做了个手势让我出去。

于是我糊里糊涂地又到了屋外。黑暗里有人同我借火。

我把打火机递给他。他是那湖区的矮子，烧焦的头发乱蓬蓬的，身上还是很臭。他猛抽了几口烟。"真冷啊。"他打着哆嗦说，"你同我去避寒吗？"

我默默地跟着他走。后来我们钻进了一个茅棚子。我从来不知道村里有这样一个茅棚子，里面空空的。我凭狗叫的声音判断出这个茅棚是在村外。

"我搭的棚。"他自豪地说。

我点燃打火机将棚里扫视了一遍。就是一个草草搭成的空棚屋，我们没法坐下来，只能蹲在泥地上。糟糕的是屋里同屋外一样冷，甚至更冷，因为在外面还可以跑动来取暖。我为什么要蹲在这样一个棚子里受冷？还不如出去跑一跑呢。我站起来向外走。

"哪里去？"他伸手抓住了我的肩膀。

"我想去活动活动。到有煤的地方去找我姐姐。"

"你说我这里没有煤吗？"他提高了嗓门，好像要扑过来揍我一样。

我连忙蹲下，抱住头。我可不禁揍。

"这就对了。"他的声音变柔和了,"你的脚下就是煤。不过啊,我们不能点燃它们,那样的话我们两人都得死。你的姐姐和美莲,你以为她们真的到了火里面吗?她们是在耍花招!我是老实人,不过我真羡慕她们。"

我一会儿站起一会儿蹲下,我的腿又冷又麻。

"我是个病人……"我试探性地抱怨。

"病人?好啊!我这个棚子就是专为病人搭的,因为我也是病人。"

"可我在这里没事干。"

"没事干?你真是胃口很大啊!你脚下就是煤矿,你说没事可干!"

我掏出打火机来,我想试试他的话有多大真实性。我刚一点燃打火机他就将我打倒了。他站在我上头,大概非常愤怒。

"你是一个阴险的家伙,你没有信念!"

他没收了我的打火机。但我想不通,点火有什么不好呢?美莲不是到处点火吗?

我把我的念头告诉他,他就教训我说:"美莲是美莲,我们是我们。我辛辛苦苦搭了这个棚子,就是为了让你放火烧掉它吗?你有病,就可以为所欲为吗?给我起来!"

我爬起来,全身都在哆嗦,话也讲不出来了。

"我们可以想一想煤矿里的事。"他提议说。

可是我的大脑被冻僵了，什么都不能想。他站在那里一动不动，我只能勉强辨认他所在的位置。突然，我听到他在冷笑，那笑声令人毛骨悚然。难道他有精神病？但又不像。他好像是在同什么人较劲。他这一笑，倒让我的脑子活跃起来了，也没感到那么冷了。不知怎么的，我有几分愿意同这个汉子待在草棚里了。

他止住了笑。其实我倒愿意他一直笑下去，那样的话我周身的血脉就会变得活跃。啊，这个人！有人在棚屋外叫我，居然是木香！

"二保，二保，我太高兴了！"她边说边拉住了我的手。

"你这些天到哪里去了？"我问她。

"我们到处点火。我，还有美莲。我去了一趟湖区！那里的风啊，几次将我吹倒在地。我现在理解这些湖区人了。比如棚子里这一位，就是个肇事者。"

"肇事者？"我喃喃地说。

"肇事者就是永不服输的那种人啊！"木香哈哈大笑。

木香告诉我说，这些天她一直在外面巡视，她将整个煤乡的煤矿分布情况都弄清楚了。现在她走到哪里，哪里的煤就会发出光芒，不过那不是真正的燃烧，只是种模拟。木香认为，煤对她做出这种反应，虽然令她兴奋，她却隐隐地感到了危险。她觉得自己只要一迈步，就踩在煤矿分布的脉络上。哪怕她到了湖区，只要一做梦就还是梦到原煤分布图。那种情形很恐怖。"煤可是地下的东西啊。"她说出这句话时神情很茫然。当时我们是在她的"窝"里，她有三个这样的窝，都是简陋的，别人遗弃的堆房，她稍加收拾后就利用起来了。每个窝里都放了一张木床，床上堆着看着眼生的厚被子。木香的生活能力是很强的，她从不亏待自己，这一点同那湖区的矮汉子形成了对照。我问她美莲是不是也同她住在一起，她摇摇头，反问我："怎么可能？"于是我明白了，她们各干各的。不过她说是美莲将她带到湖区去的，她在那里没待几天，因为再待下去就会传染上血吸虫病。我从木香的谈话猜测到美莲也有几个窝，她俩的活动路线有时会交叉，每次重逢时两人都很激动，就好像今生再也见不到了似的。这是为什么呢？

　　木香在小小的煤炉上煮番薯汤给我喝。她要求我保护自己的身体，还要尽量照顾尺叔。她说尺叔是我们的家神，能量比爹爹大多了。我喝完一碗番薯汤就站起来告辞了。我看见我姐姐眼里噙着泪——她多么爱我这个弟弟！我一边离开一边想，我怎么能老黏着木香，我比她小不了多少，早就该出去闯荡了。

　　我刚一走出木香的窝，回头一看，那窝已经消失了。看来煤乡的生活里有很多阴森的事是我从前没注意到的，木香却一直了解内情。唉，木香！刚才她心里认为今生再也见不到我了吗？当然这事不可能，可到底是什么在促使她这样想呢？

　　"哈，二保回来了！家里人都以为你不回来了呢。"尺叔笑眯眯地说。

　　"为什么？"我生气地问。

　　尺叔仔细地从头到脚打量我一遍，摇摇头，说："不为什么。"

　　"那你看我回来好呢，还是像木香那样不回来好？"我不依不饶地问。

　　"都好。"尺叔说，又变得笑眯眯的，"煤乡的孩子成长起来真快。"

　　深夜里，有人发出凄厉的号叫，我觉得那声音像是湖区的矮汉子发出来的。

　　我听见尺叔起来了，走到那边房里，口里小声低语："他这是怎么回事……"

　　那汉子怎么了？总不是闹着玩吧？他待在自己搭的棚子里，在清冷的黑暗里想一些关于煤的事，他应该是有超人的毅力的。我可做不到像他那样。可现在，他为什么不耐烦起来了？会不会他的棚屋着火了？他又叫了一次，尺叔更加不安。然后门一响，他出去了。

我连忙穿上衣往外走。

"二保，哪里去?"是母亲惊恐的声音。

"我找尺叔……"

"你不能去。外面变化很大，待在房里别动。"

煤油灯的那边，母亲的脸像鬼一样可怕。我突然回想起母亲很少吃东西，她是如何样熬到今天的? 什么样的力量在支撑着她?

"妈妈，我不出去了。您告诉我，外面发生了什么变化?"

"半边山都在烧。有人踩着了煤山的脉搏……我和你爹爹都不敢出去。"

"那么尺叔呢?"

"他去找那英雄去了。"

"谁是英雄?"

"你不是同他见过面了吗? 尺叔还在家里夸你呢。"

我明白了。

当我躺回床上时，我感到无比孤独。当我有点认清尺叔的真面目时，他就迅速地从我家消失了。啊，尺叔! 啊，湖区的矮汉子……我在黑暗中，他们在亮处。还有木香和美莲，她俩如愿以偿了吗? 有人在摸我的脸呢。

"青香你捣什么鬼?"

"我担心你要发病。外面变化太大了。"她声音发抖。

"外面变成什么样了?"

"我不知道,什么都看不见。我只是想,肯定变化很大。"

我下了床,和青香一块儿蹲在桌子下面。青香又开始问那个"要不要跑"的老问题。

"往哪里跑?什么都看不见啊。"我忧虑地说。

"二保,你有病,我们应该守在家里。"她一本正经地说。

"好,就守在家里。"

"可是爹爹和妈妈已经跑了。"

"跑了吗?"

"嗯。"

蹲了一会儿我的脚就发麻了,我从桌子下面钻出来。青香也出来了。

"你为什么不同他们跑?"我问青香。

"因为他们将所有的番薯干都留给我和你了,你瞧!"她将那个烘篮推到我面前。

"他们不回来了吗?"

"应该是这样。爹爹不是快死了吗?"青香哭了。

我最讨厌她哭,我觉得她每次哭起来就是在掩盖什么事。她到底在掩盖什么?她同父母有事瞒着我。莫非他们认为我也快死了才让我留下来？可我觉得我还不会死，还早着呢。我身体里头还没有发病的迹象。窗户下面有人走来走去，会是谁？

青香好像听到了我里面的发问，她说是"湖区的矮子"在那里走，另外还有他的几个同伙。因为他们驻扎在我们煤乡，煤乡就"完全变了"。她说着就停止了哭泣，走过来紧紧地抓住我的手，用肯定的语气强调："不能跑，外面变化太大了。"

我感觉到她很激动，她到底喜不喜欢外面的变化？我这个妹妹可比我复杂多了啊。她刚才的那场哭会不会是喜极而泣？我刚想到这里，她就凑到我耳边说："我爱上了一个人。我真该死，怎么会是他？"

"谁？"我吃了一惊。

"那矮子。有时我恨他，他弄得到处是火。可是呢，我又喜欢这种变化。我一直打算跟他跑。我到今天还没跑，是因为拿不准。"

"拿不准什么事？"我问她。

"拿不准他们是要改变煤山还是要毁掉煤山。"

她真是个想法多的小家伙。我将我在那矮子的棚屋里的遭遇告诉她，希望能打消她的一片痴情。她听完后便说她已打定主意了。

"二保啊，你还没有爱过。"

　　我听见她开了房门出去了。可她刚才还说外面变化太大，要守在家里呢。

　　我一边吃着番薯干，一边猜测着我妹妹的命运。那个凶恶的矮子同她在一块儿会是什么样？妹妹会不会被人利用？或许竟是她在利用他？他俩谁更狡猾？或者不相上下？我的妹妹也要去点火吗？唉，煤乡，为什么你要有两副面孔？如果湖区的人们永远不来，你就只有一副面孔吗？不过木香从小就与我不同，她不是因为湖区人来了才变成今天这个样子的，爹爹早就知道她的禀性。

　　一切全乱套了，也许这竟是某种希望。比如青香，就是寻找她的希望去了。从前她是没有这种机会的。从前的煤山，到了夜里就黑黝黝的，没人敢去攀登。我们连肚子都吃不饱，除了木香以外，家里人很少有痴心妄想。不过也难说，或许爹爹有，他最善于掩饰自己。说到木香，除非你要她死，她才会停止奇思异想。我还记得她有一年在大雪天里跑到了乌山那边。爹爹为了找她冻坏了两个脚指头。奇怪的是她自己安然无恙。她说她睡在雪洞里，那雪就化掉了。木香身上的热力有多么大！她说她是去找煤。乌山当然也有煤，可何必跑那么远？这里的煤山不也有煤吗？那时她才十四岁，我隐隐地感到，她是有能耐的女孩子。

　　外面的风停了。我抓了一把番薯干放进口袋，溜到了院子里。

有个人背对着我站在那里，是那矮子。

月光下，他看到我就笑起来。

"二保兄弟，你也出来了吗?"

"青香在你那里吗?"我急躁地问他。

"她呀，过河拆桥的丫头，早就跑了! 如果她不跑，我也养不活她。"

"可是她爱你啊。你就一点也不爱她?"

"不对，我也爱她，所以我怂恿她跑了嘛。我们追求一种久别重逢的爱情。不过她还太小，打不定主意。我爱的其实是你的姐姐。"

"木香?"

"是的，木香。她是我的死敌，但愿山火烧死她。"

听他说到木香，我便有点欣慰: 木香拒绝了这个矮子，大约是因为她对他已经不再好奇了。我的姐姐真棒! 他问我想去哪里，我没吱声，我可不想再去他的棚屋。此时我想见的人不是父母，却是尺叔。

"尺叔回湖区去了。"他冷淡地说。

然后我们就打起来了。先是他将我踢倒在地，咬牙切齿地称我为"叛徒"，诅咒我马上就死。"你休想出这个院门。"他气哼哼地说。我也不知哪来的力气，趁着他转身时一把抱住他在他背上猛咬了一口。我的牙齿还是很锋利的。我咬他的时候，听见屋后的煤坡发出炸裂声，还有一道一道的蓝光闪出来。

奇怪的是矮子并不恨我，他蹲下去，喃喃地念叨："你这小子，翅膀硬了吗？我看你可以呼风唤雨了。瞧这煤坡！你以前没遇到过这种反应吧？今非昔比了啊。木香骗了我，她说你是家里的小乖乖。"

我看见他的背上有一个阴影，大概是血涌出来了。

"对不起。"我惶惑地说。

"哈哈！不要对做过的事后悔嘛。注意那煤坡，它现在安静了。"

"你真的不让我走出院子？"

"这取决于你。"他阴郁地说，"你为什么不杀了我？"

"我不杀人。"我没有把握地说。

说话间煤坡又发出砰的一声响。他费力地站起来，挪着脚步，慢慢地走出了院子。我给了这个人重创，可这是如何发生的？难道不是他和湖区的一些人给煤乡带来了活力吗？他应该是我的朋友啊，想想我妹妹对他的神往吧。

我想到后面的煤坡去检查一下，我转到那条路上，发现路已被堵死了，煤堆得像小山一样高。天哪，这是新长出来的煤山！它是为谁长出来的？为我吗？我不敢这样想。我决心当作什么事也没发生过一样地过日子。

于是我回到屋里，吃着番薯干入睡了。这些离奇的事发生在半夜，离天亮还有段时间。

"二保，你还不起来吗?"木香在房里大叫。

房里不知为什么有很多烟，我睁不开眼。木香伸手来拉我，扶我走出房间。我问她烟是从哪里来的，她说是煤山的煤在燃烧——全是一些烟煤。我被熏得眼泪直流，但木香好像一点都不怕烟。这又是她令我佩服的地方。不知道她从什么时候练就这种本领的。

院子里浓烟滚滚，我都快窒息了，隐约听到木香在说要带我去一个地方。我没法开口问她，只是紧紧地抓着她的手。后来我就感到自己在走上坡路，烟也渐渐小了。我问木香，眼前这座山怎么以前没见过?

"嘘，别说话。"她做了个手势。

她让我坐在一块石头上，说等会儿她来接我，然后她就拐进丛林里不见了。

我脑子里在紧张地思索，因为我想辨认出这个地方。但不论我朝哪个方向看，都是一点熟悉感也没有。这里离家并不远，难道是新长出来的一座山?可这些树都有些年头了，这条小路也是花费了一些人工的。我等啊等的，等得不耐烦了，木香在搞什么鬼?我捡起一块石头射向丛林，木香立刻出来了，气喘吁吁，身上全汗湿了。

　　"我去先前的矿井了。那是老爷爷的老爷爷挖下的。我想带一块漂亮的煤块出来给你看，可是又爆炸了，我差点命都没有了。"

　　她的秀目闪闪发光，我觉得她比谁都漂亮。

　　"这是什么山？"我问。

　　"就是我们常来的白山啊。这是后山，我们又是从通道过来的，所以离家这么近，所以你不认识它了。"

　　"通道？"我吃惊地说。

　　"就是通道，它总在那里。因为你受不了浓烟，我就带你走了通道。别人都不知道这个通道，它从前是被劣质煤堵死了的，后来……"

　　木香说不下去了，仿佛有什么东西堵在她喉咙里，她痛苦地咳了好久，咳不出。

　　"长年在煤堆里钻，我可能落下病了。"她说。

　　"我们都有病。"我安慰她。

　　木香仅仅消沉了几秒钟，马上又振奋起来了。她问我看见下面有什么东西没有，我回答说没看见，她要我用力看。我一用力，果然看见了一些东西在发光，发光的东西中还有个人影，那人影很熟悉。

　　"那是青香啊！"我叫了出来。

　　"不要叫，她在搞活动。她将它们召出来了。"木香微笑着说，"青香真是好样的，她超出了每个人的预料。"

木香催我快跑，说等一会儿就要冒烟了。我跟在她后面跑，几乎被落下，我真差劲。突然她将我用力一推，推进了她的一个"窝"。我倒在床上。木香关上了门窗，还拉上了窗帘，她说外面景色很壮观，但不能让我看，看了就会做噩梦。

"是青香在搞爆破吗？"

"嗯。她的身子会炸成两段。"木香冷淡地说。

"她会死？"

"死不了。这是无害的活动。"

我听见一共响了三声，我所躺的床都摇晃起来了。木香长长地叹出一口气，轻轻地说："这下那矮子要对她刮目相看了。我正纳闷呢，她一直守在家里，怎么忽然就变成这样了？倒是我这个姐姐比不上她，矮子看错人了。"

我把脑袋伸到窗帘外，看见到处晃着刺目的白光，很快我的眼睛就什么都看不见了。我赶紧将脑袋缩回来。我对木香说现在我明白了，青香在家里时，尺叔将同煤打交道的一些诀窍传授给她了，因三姊妹中她最灵活。木香连连点头，说正是这样，青香才是我们家的英才，她自己只不过是个陪衬。她还说爹爹这下可以放心了，他就等青香这一招呢。"我们的妹妹啊。"木香说。

有人从外面进来了，居然是爹爹。爹爹见了我，一点都不感到惊奇，镇定地向我点了点头，就扭过头去同木香说话。

"那东西准备好了吗?"他问。

"准备好了，就放在小学礼堂旁边。"木香阴沉地回答道。

爹爹从桌上抓了一样什么东西又出去了。

"你们说的是什么东西?"我问。

"是柏木棺材，妈妈要的，我请人定做了放在小学里。"

"妈妈不是好好的吗? 她还留了番薯干给我吃。为什么是妈妈?"我焦急地说。

"谁都有可能，可今天确实轮到了我们的妈妈。她很镇静，她说我们都长大了。"

外面又响起了一声爆炸声。我求木香告诉我妈妈在哪里，木香摇着头说，哪里都不在，妈妈已经化成了灰。

"二保你还不明白吗?"她责备地说，"第一轮爆炸时她就跳进去了，她迫不及待。当然有人在帮她……"

"是青香在帮她吗?"

"嗯。你总算开窍了。"

我打开房门，站在那里发呆。我想到煤的威力和诱惑，想到我们这奇怪的一家人的关系。天色有点阴沉，但并非要引起人们的坏情绪。一些严肃的问题来到我的头脑中，我开始用力回忆同煤有关的一些往事。看来今天的局面不是偶然的，我不是一个善于观察和思索的男孩，或许某种疾病妨碍了我。他们不是将番薯干留给了我吗？当然是留给我一个人的，我是最晚觉悟的那一个。我也曾去外面到处乱跑，但终究没有看透某些事。我的妹妹比我早熟，是不是因为爱？

"以后家里就只剩你一个人了。"木香幽幽地说。

听了她的这句话，我不由自主地抬起脚往家里走去。我看见烟已经散了，煤乡又恢复了往日的模样：平静之中有点自足，又有点挑逗。但也许是假象。那么妈妈呢，她知道真相吗？在我的心里，煤乡并不是眼前的这副样子，她日夜不安，爆炸连着爆炸，使得天际晃动着辉煌的红光。

高傲的鸟儿

我是一只中年雄喜鹊，我住在这个城市里。靠近城郊的小学旁边有几棵高大的杨树，我的家就安在其中一棵上面。从前我的父母，兄弟姐妹，还有我父母的父母都住在这里，现在他们都失踪了。

我说说我的巢吧。我的巢是值得骄傲的，结实美观对称，实用稳固，门洞开得十分巧妙。巢的内部特别舒适，外面一层由泥巴草根垒成，里面一层垒的是绒毛羽毛。这黑暗的温柔之乡曾带给我们一家人很多欢乐。想当初，我和我妻子齐心协力，费了多少心血才搭成这个不同凡响的巢啊！那是一根很惹眼的柳木条，我看中了它，用来做横梁再没比它好的了。当然它很重，我仗着年轻气血旺，一下就衔起了它。可我还没飞到半空，那顽童就跑过来了，他用一根上端有铁钩的竹竿来扑我，重重地打在我的背上，我的喙一松，那根木条就掉下去了。我至今想不明白：他要那木条干什么？而且他捡到它后就将它折断了，还将折断的两段狠狠地戳在泥土里。那一回我受了伤，搭巢的事停止了十天。十天里头，我的妻子总在唠叨："不要惹那些人，不要惹那些人……"我真羞愧。后来我就不敢在小学附近找材料了。我到小山包那边去，将木料搬运过来。路程太远，有时一根木料要花一天时间。搬运一段，歇一歇。我很佩服我妻子，她总能在附近的居民房周围找到合适的材料，她的工作效率比我高。最重要的是，她从不惹怒那些人，我不知道她是怎么做到这一点的。

我们终于赶在冬天到来之前筑好了巢。那时这些杨树上一片繁忙景象，搭起了二十一个喜鹊巢，如同杨树生出的小宝宝一样。我都一一参观过，经过对比，我认为我和妻子搭出的这个巢是最威武，设计最巧妙的。而且舒适度也比他们的高。也许，我们的遗传素质不同，具有某种天赋？妻子可从不这样认为。不知为什么，虽然我们的巢固若金汤，我却老是忐忑不安，担心会被人用猎枪射击。夜间蹲在里面时，我又担心某个小学生神不知鬼不觉地爬上树，用一种工具捣毁我们的巢。担心总是免不了的，这是那次受伤的后遗症。不过还好，日子过得平静而有内容。

再说说小花园吧。学校后面有一个没人管理的小花园，里面野花疯长，映山红啦，指甲花啦，美人蕉啦，栀子花啦，品种不少。那里的土壤肥沃，还有一个废弃的小水塘，落满了枯叶。小花园是我们觅食的场所，可以说它养活了我们。我们经常到这里来开会，一边觅食一边讨论，吵得不亦乐乎。喜鹊的声音是很难听的，但这单调的语言里其实充满了温暖，要你有心才听得出。

有一位清瘦的妇人，经常来水塘边的石凳上坐，望着水塘发呆。我观察她好长时间了。这个水塘和她是什么关系？是她的儿女掉在里头淹死了，还是她想投水自尽？我总感到她的目光很阴森。但是我的妻子不这么认为，她说这位妇人知识渊博，情感丰富。我妻子的感觉总是很准确的。有一回我正在映山红底下找虫子，一抬头看见那妇人晕过去了，倒在石凳下。当时正好我妻子和我的邻居们都不在，我急坏了。我跳到她身上声嘶力竭地大叫，叫了又叫。后来她终于慢慢地苏醒过来。她醒来后的第一个动作就是一把抓住我。天啊，我还从来没有被人抓住过呢。我一动也不动，心里像大河一样沸腾。她慢慢站了起来，走了两步，又跪了下去，她正好跪在水塘边，那塘里的水满满的，都快溢出来了。她要干什么？她将我按到水里，不知过了多久，又将我扔在野花丛中，自己走掉了。我记得我在水中时，竟然感到有点幸福呢。我浑身湿透了，风一吹，冷得发抖。这时我才明白过来我没有死，还好好地活着，我先前找到的那几条虫子还在旁边。我要将它们叼回窝里去，妻子这时正在窝里孵蛋呢。我马上恢复了气力，我张开翅膀，让风将翅膀上的水吹干。我对自己大叫一声："太好了！"

我回到窝里，妻子静静地听我讲述，眼里闪出激动的光。后来她疑惑地对我说："人的心思是猜不透的，是吗？"我完全同意她的意见，我也猜不透当时发生的到底是一件什么样的事。后来我又遇见过那妇人一次，我忍不住要靠近她，但她再也不理睬我了。

我还想说说我们喜鹊家族是如何渐渐消失的事。那时多么热闹啊！一大早，到处是我们的叫声。我们的语言在人们当中的反应并不好，太单调，太刺耳，太嚣张，只要在同胞数量太多的地方，人们总是怒目而视。我们太沉浸于自己的情绪了，人们有这些反应也是可以理解的。说实话，我也不喜欢我们自己吵得太厉害，可我们只要一聚在一起，没有谁控制得住自己，所有同胞全发出嘎嚓嘎嚓的声音，实在不好听。我们怎么会形成了这样一种语言呢？我时常想这个问题，但百思不得其解。小时我也问过父亲这个问题，父亲一瞪眼叫我闭嘴，愤怒地说："你这个不孝的家伙，你还嫌你的娘丑啊？"后来我就不敢问任何人了。

小花园里，附近教室的屋顶上，草坪上，到处都是我们的身影。我们是性情开朗的鸟类，为什么不叫？天气这么好，虫子有得吃，家族不断添丁，娱乐场所到处都是，游戏花样翻新——种种情况给了我们叫和吵的理由。那些用竹扫帚来追逐我们的小孩，反倒成了我们游戏的工具。我们勾引着他们，让他们举着扫帚扑过来扑过去，脸蛋红扑扑，懊恼不已。那真是我们的黄金时代，太阳时代！

校工是一位五十多岁的妇女，长着一张似笑非笑的黄脸，眼睛特别小。她很喜欢观看我们当中一些同胞与小孩之间的追逐游戏。她举起她长长的手臂，用力拍在她的两边大腿上，喜不自禁的样子。我有点厌恶她的做派。她居然没有别的事好做，专门花这么多时间来观看我们，我老感到这里面有些蹊跷。但她对我们很和善。她用一把锄头将灌木丛那边的土挖开，翻出虫子来吸引同胞们。

后来我观察到了，就是因为这名校工，我们的同胞开始失踪了。谁也不知道他们是如何失踪的，没有任何同胞看到捕杀的现场，阴谋却悄悄地进行着。但我们（除了我和妻子）都对校工的评价非常高。那种评价也令我想起当初妻子对于水塘边的消瘦的妇人的评价。难道接近喜鹊家族的人们都是有杀生癖好的人？我父亲说她"洞悉自然界的高深秘密"。她在父亲眼里相当于一位不可抗拒的神，所以父亲很早就做了牺牲。

那天早上父亲和我一起去操场时，心情非常舒畅。刚下过小雨，泥土很湿润，我们远远地看见校工在那边挖。我有点感动，觉得她真是同我们贴心。我们飞到那边地里，看见校工将她的橘红色的工作帽脱下来，举到半空，然后伸了一个懒腰。她用眼角看见了我们，显出嘲笑的表情。但那只是一瞬间，然后她就板起了脸。我警惕地同她离远一些，一边找虫子一边偷看她。这个人，身上热气腾腾，我真想跑过去在她屁股上啄几下！但是父亲对她一点都不警惕，紧紧地跟在她身后，就像是她的宠物一样。操场另一边有小孩在叫喊，好像发生战斗了，几个孩子倒在地上，另外一群人还在打。我是不喜欢看血腥场面的，我将屁股对着小孩们的那一边。

后来我吃得太饱了就发困了。我躲在灌木底下睡了一觉——很短的一觉。我醒来时，父亲已经不在那里了，校工也不在了，只有那顶橘红色的帽子放在灌木上。我以为父亲回家了，就也飞回去了。父亲却再也没回家。

奇怪的是妈妈知道父亲是在校工身边失踪的，不知为什么她认为父亲是"独享清福去了"，她有些气愤，可一点都不悲伤。我无意中向妈妈提到那顶橘红色的工作帽，没想到妈妈激动地叫了起来："啊，就是那种帽子！啊，就是那种帽子！啊……"

她嘎嚓嘎嚓地没完没了，总是那一句毫无意义的话。我只好心烦意乱地离开了她。

后来我向妻子诉说时，妻子的回答也是不着边际。这时我才第一次感到了孤独。

不过妻子有一句话令我惶惑，她说："你要多关照你妈妈。"

我觉得她话中有话，就多留了个心眼。

第二天我又去了小学。校工仍然在那里锄草。她的表情显得若无其事。我同她离得远远的。整整一上午，只有几个邻居来过了，我妈并没有出现。

傍晚回去时，妻子告诉我，我妈不见了。

"可我一直守着校工啊！"

"你真是呆板。"妻子责备我说。

妻子没有向我说出她的猜测，但我始终认为她是心中有数的。果然，第三天，我们在窝门口看落日时，我听到她说："有各种各样的游戏方式，你的思想太狭窄了。"

我没有吭声。她说得对，我确实不善于搞开放性的思维，我怎么也想不出我妈会到哪里去。我们世世代代栖居在这里，过了小学的围墙，就不是我们的地盘了。

如果我们看到哪个头脑发昏的家伙飞到百货大楼西边去了，我们定会吓得全身发软。当然没有谁会这样干，只除了一只疯鸟，他再也没飞回来。妈妈的脑子清醒得很啊。我妻子倒是有些预测力，只不过她绝不向任何同胞透露她的预测。

几天后，旁边那棵树上的邻居家里又有一位失踪了。那是一段可怕的日子，三个月里头，我们的家族只剩下了十只鸟，包括我们的两个孩子。就是从那时起，我开始眼花了。一阵一阵地，我看见到处都是重影。就连我的孩子，我看见的他们也不是两个，而是六个。只有妻子倒还是一个，而邻居，则变成了一大群数不清的东西。于是，我仍然感到我被庞大的家族包围着，妻子也很高兴我是这样想，她很不愿意我因孤独而情绪低落。

然而有一天中午，他们都消失了，只剩下我和妻子。我站在杨树枝上，看见大群的小孩跑动着，他们当中也有几个中年人，这些人手中都握着长长的竹竿，口中吼着什么。即使像我这样不够灵活的家伙，也能感到灭顶之灾降临了。妻子冷笑着，毫不在意地啄着树枝上的一个窟窿，仿佛要研究那里头究竟有没有东西跑出来似的。我突然怀疑起来：我所看到的是不是因为我眼花而产生的幻觉？我问了妻子这个问题。她镇静地回答："正是这样，是幻觉。不过有一个顽童上树来了，他正在捣毁邻居的家。他带了工具，干得很利落。"

整个树都在晃动，我不敢往那边看。我对妻子说："我们还是飞吧。"

"不。"她坚定地说，"我们回家。"

"为什么这时回家？很可能他要捣毁我们的家。我们是搞不过人的。"

但是妻子回家了，我也只好紧随着她进了窝。

我俩相互依偎，在我们的家门口颤抖着。我听到她胸膛里的那颗心在怦怦地跳。多么奇怪啊，她的心在她的胸膛里，却被我听到了，我的心在我的胸膛里，我却听不到它的声音！我的目光此刻很清明，一点重影都没有。我看到了那顶橘红色的工作帽。原来不是什么顽童，是校工。她上来了，她在同我们对视。

妻子偏开脑袋，仿佛那人眼里射出的是火焰。她对我说："真是意外，我从她眼里看见了你的母亲。"

什么事都没发生。她笨拙地、缓慢地下去了，我们目送她走远了。她为什么要捣毁邻居的巢？那巢已经荒废很久了啊。她是不是在给我们点颜色看？

那天夜里，我和妻子感到特别孤独，我俩都将自己的脑袋往对方的翅膀里头钻，并且都感到对方身上有很深的窟窿。但是只过了一天，我们就感到自己变得坚强起来了。我们甚至飞到操场那边去等校工出现。她却再没出现过了。

　　我再说说那些人吧。人越来越多了，他们都沿着学校前后的小马路盖房子。先前这里只有两栋茅屋，好像是属于两名校工的。现在呢，起码有五十栋瓦屋了，里面住的都是些看不出身份的人。他们不爱说话，脸上也没有什么表情。他们早上背着一个布袋出门，男女都是这一样的打扮。我在他们的屋檐边停留过，听到他们在屋里闹腾。他们特别爱在屋里头打架，有时连玻璃窗都打破，把我吓一跳。但是只要一走出房门，他们就变得很沉默、很忧郁了。我总在想，他们是从事什么工作？是不是生活的压力很大？

　　我凭直觉认为这些人对我们喜鹊比较仇视，我就对妻子说："你以前告诉过我不要惹那些人，你说得太对了。"

　　没想到妻子回答我说："现在的这些人已经不是以前的那些人了，我们应该同他们保持接触。"

　　我从来都是很尊敬我的妻子的，我认为她对我说过的很多话都是一些预见，并且后来都变成了现实。那么现在，我应该如何理解她的话？

　　我站在那些瓦屋顶上观察人们，偷听他们的对话，甚至在他们将随身携带的布袋放在露天酒店桌上时，立刻飞过去在它里面乱翻一气。但我的这些小聪明没有什么用，我什么都没发现，也不知道要怎样做才算是同他们"保持接触"。

我发现我妻子对待那些人的态度是不卑不亢的。她常去他们房屋附近的沟里捉虫子吃，有时还停在他们门口看公鸡打架呢。

"今天他们的生活热情又上升了。"她兴奋地向我报告。

可是在我看来，他们一点生活热情都没有。他们只有一种特殊的热情，那就是关起门来打架（也许是吵架，我看不到内部的情形）。那么，妻子指的热情是什么？

"你真是老了啊，你没注意到油灯的耗油量越来越大了吗？"

"什么油灯？"

"就是他们家里夜里照明用的油灯嘛。"

油灯的耗油量？等于对生活的热情？我一下子明白过来了，我的妻子真了不起！试想这样一些阴沉的人进城劳累一天，吃完饭收拾好倒头便睡，那确实算不上对生活有什么热情。而现在，他们点着油灯在家中展开一些各种各样的活动（我不知道那是什么活动）了，这的确是大变化！

为了确证这一点，我和妻子在夜里偷偷飞到那些屋顶上蹲着。我们无一例外地听到那些屋子里头响起爆炸声，有时还有子弹从窗口飞出去，在空中呼啸着。我和妻子听了又害怕又兴奋，又想飞走又想停留……啊，那真是几个刺激的夜晚！啊，摔出的酒瓶的炸裂声！啊，那些奇奇怪怪的喊叫声，不像是人发出的声音！

回到家中后，妻子曾对我说过"我们真有福气"这样的话。我记得她讲这话时，我们分明感到有一个庞然大物上了我们的树，我们的巢震动得非常厉害，这种事从未发生过。我和妻子都在想同一件事，我俩都认为这是对我们偷听人的内部活动的报复。那一刻，我们本可以飞走，但不知为什么我俩没有动，我们在窝里簌簌发抖，希望那件事快点降临。

后来那件事就发生了。我们晕过去了，但并没有丧命。我们被从窝里震出去，掉到了地上。那会是一只什么样的猛兽？

"是校工。"妻子说。

"不可能！"我叫了起来，"校工只不过是一个老女人，哪里会有这么沉重，我感觉那东西像大象。你瞧，老杨树被压断了三根枝条！"

妻子没有回答我，她在沉思，她变得有点神情恍惚了。

也许真的是校工，她那顶帽子掉在树下了。可能她是能够变形的怪物。

我又往操场那边飞了几次，没有遇见她，她大概真的退休了。

我们的巢受了一点损害，但我们将它修好了。住在瓦屋里的人们白天都很安静，悄悄地进城，悄悄地归来。逢休息日女人们就洗衣服，男人们则在屋前屋后挖一些洞，但又没看见他们撒种子。我妻子渐渐融入他们当中去了。她大摇大摆地落在他们的饭桌上、灶头上，我在心里为她发抖。

这些人对我还是很凶，当我试图接近他们时，他们脸上的表情仿佛在说我没必要在这个世界上存在。这多么令人泄气。

我开始怀念小花园水塘边的那位清瘦的妇人。她到哪里去了？怎么会消失得无影无踪？她显然不是学校的老师，也不是同这些人一伙的，难道她住在城市里面？

那些房子是在半夜里着火的，也许是某个人闹腾得太凶，将油灯打翻，点着了易燃物造成的吧，我认为这种可能性最大。当时的情形真是壮观，我和妻子站在杨树的枝头上全部看到了。大火烧红了半边天，连小学的教室都被照亮了。怎么会有那么大的火？就像是有人往火里头倒了大量煤油一样。更难解的是没有人逃离，街上连一个人都没看到。我和妻子都闻到了烧焦的肉味，我们发着抖，不知为什么竟有种飞往那火中去的冲动，但我们克制住了。

一个小时过去了，又一个小时过去了，火还是那么旺，怎么回事？火的色泽也在变化，开始是金黄色，后来转为红色，最后变成了——三四个小时后——一种青蓝色，颇为阴森。那些火焰不知是从什么东西里面烧出来的，喷得那么高。我心里突然产生了一个念头，吓得差点掉到树下去了，因为我全身都麻痹了。

"我知道你在想什么，"妻子在我旁边轻轻地说，"我也是这样想的。这火烧的该是尸体，不然能是什么呢？"

我说不出话来，我看着那些冲天的鬼火，居然想流泪。难道我是同情那些人？当然不是，他们也丝毫不需要我同情，我算个什么？我独自慢慢挪动着向巢里走去。就这样，我待在巢里，妻子待在外面，我们度过了一个恐怖之夜。

太阳升起老高了我和妻子才出巢。我们飞到那些房屋的废墟当中。火早就熄了，还有一丝一丝的青烟冒出来。我们跳进那些被烧掉了门窗的房屋内，但那里面都是空空的，既没有家具也没有人。我妻子发出大声的感叹："这些人，多么爽快啊！"

其实我也是这么想的，但我从来不能像她那样准确地表达。

看来此地会要长期无人居住了，我心里很惆怅。

我和妻子飞到公共厕所旁边的时候，看见了一个熟悉的身影。是的，那就是校工。她正在掏那些男人挖下的洞，那些洞遍布整条街的住宅周围。她聚精会神地用耙子将那些洞里的泥土掏松。我们偷偷地飞到她身后去看，我们看到了不可思议的事：每个洞里栽着几根白骨，有粗有细，像蘑菇一样。

我受了刺激，发出嘎嚓嘎嚓的乱叫，止也止不住。我知道老女人向我转过身来了，她一看我，我就镇定下来了。她脸上的表情像是吃惊又像是赞赏，看来我的表现还不算最坏的，她显然很理解我。而我妻子的表情竟同她一模一样！

哈哈，我今天的故事讲得够长了吧？我先打住吧，明天再来讲。

寒马和费的故事

　　资深读者小霜在一家百年老店"皇冠"商场做收银员。去年店里来了一位导购小姐，名叫寒马。小霜是商场的年轻人成立的读书会的主持人。她很欣赏寒马。首先是因为感到这位同事有男性气质（她是家中的顶梁柱），后来又发现她对于语言有着天生的敏感性。小霜记得，那一次在读书会上，刚来店里工作不久的寒马红着脸向大家讲述正在讨论的一本小说。她的讲述让小霜大吃一惊，因为女孩读小说的历史很短，居然有种特别老到的、一般人想都想不到的韵味从她看似散乱的话语中透出来。从那时开始小霜就注意她了。小霜后来了解到，女孩仅上了初中，是转换了好几个工作才到她们店里来的。她的工作是导购，她特别喜欢这个工作。"我们店很好，我喜欢我们店里的氛围。"她这样告诉小霜时，脸上的表情舒展，全身显得无比放松。

没过多久，小霜就开始鼓励寒马学习写作了。

"不，我干不了。"她使劲摇头，仿佛被吓着了。

小霜没有坚持自己的意见，但她预测，说不定哪一天，这个女孩就会开始动笔了。为什么不？不是就连老年人都在追求激情与幸福吗？

除了在店里主持读书会，小霜还参加云城一个名叫"鸽子"的书吧的聚会。那个书吧里连小霜一共七个人，都是云城小说读者中的佼佼者。主持人名叫费，是一个瘦瘦的青年，家电维修工。小霜非常佩服他。后来有一天，小霜去"鸽子"书吧参加聚会，竟然发现寒马和费紧挨着坐在一起。原来这位女孩同费恋爱了。小霜吃惊地将眼睛瞪得老大。这时寒马走向她，大方地说："小霜姐，是费让我来书吧的。我同费偶然在海员俱乐部相识，现在相互都已经离不开了。"

那天下午，小霜在店里加完班正要回家，寒马来找她了。寒马请小霜去酒吧喝一杯，小霜欣然同意了。

她们喝的是红酒，两人都喝得很慢、很克制。

"寒马哪天同费结婚？"

"我正在犹豫呢。"

"怎么回事？又不想结了吗？"小霜吃了一惊，"你俩就像天生的一对！"

"您说的没错。可是这里不止一对，有两对……费是个天生的情种，他还有一位爱人，是从前的奶妈的女儿，一位音乐教师。"

寒马说话时眼睛一直望着前面的某一点。小霜问她："费怎么选择？同你结婚还是同她？"

"他说同我。他还说他同她断不了关系，因为从小一块儿长大的，她又离婚了。"

"你呢，你心底里想不想结婚？"

"想，想极了。我爱费，最主要的是他能激发我的灵感。我已离不开他了。我想，我还是同他结婚吧，说不定我能处好三个人的关系，要试一试。"

"寒马，你说得太对了，要试一试。我一点都不为你担心，你有处理这种问题的魄力，你勇敢又冷静，要不我怎么会认为你有写小说的潜质？"小霜激动地说。

"小霜姐，我爱您，只有您能理解我。您祝贺我吧，干杯！"

"毕竟那位女孩是费的历史，"寒马想了想又说，"费没有同她结婚，是因为那时他还拿不准。她一气之下就嫁人了。有点轻率，对吧。可能我更适合费吧。"

"既然相互爱得很深，就结了再说。"

"谁更适合谁是很难说的，要经得起时间的考验。"

"你要是想得太多，就结不成婚了。"

"嗯。小霜姐，您好像是我的主心骨。"

在她俩的右边，一位男孩伏在吧台上哭。小霜向寒马耳语道："一定是失恋。真正的爱是多么难遇啊。"寒马也向小霜耳语道："我已经决定了。"

"来，为了未来的新娘和小说家——"小霜举起了酒杯。

过了几秒钟，那位哭泣的男孩站起来了，他摇摇晃晃地走向两位女士，大声地对她们说："爱情是毒药!"

小霜也站起来，夺下他手里的酒杯，对他说："你错了，毒害你的是你的自卑心!"

男孩一愣，瞪眼看了小霜一会儿，结结巴巴地说："谢谢，谢——姐姐!"

他转向柜台那边结账去了。

"我爱您，小霜姐。"寒马喃喃地说，"我真幸运，和您成了朋友。"

小霜却在心里想："寒马能有一见钟情的奇遇，是因为青春的热力啊。而我，是不是已经有点老了。"她羡慕这位年轻的姑娘，尤其羡慕她不顾一切地投入自己的情感，这是一种崭新的风度。

"好好准备一下。"小霜说。

寒马噙着泪，用力地点头。她们在酒吧门口分手。

小霜在心里大声对自己说："我一点都不为她伤感!

这位美丽的女孩奔向她的幸福去了，真有魄力啊。"

　　寒马终于同费搬到一块儿住了。他俩在城郊租了一个幽静的小院，每天各坐各的公交车去上班。他俩的蜜月只休息了一个星期。那一个星期里，寒马每天下午和晚上都在小楼上奋笔疾书。费则在院子里搞园艺。费要将院子的围墙边种一圈红玫瑰，让寒马出来散步时赏心悦目，灵感大发。他实在太爱寒马了，他觉得她清爽、大气、灵动，还沸腾着活力。"我在培养作家。"他半开玩笑地说。他俩的生活极为简洁，家里收拾得很干净，两人经常去附近的小店吃面。

　　寒马对她和费的爱情非常投入。但寒马并不是在情感方面没有阅历的小姑娘，这一点小霜也看出来了，所以不为她担心。她甚至预感到了如果过了热恋期，费的情感就有可能起变化，变得不像现在这样专一。寒马认为自己绝不会后悔。自从那一天在海员俱乐部与费相遇之后，费的深情的眼光就印在了她的心底，她感到自己在劫难逃。她不想，也认为不应考虑这段情缘能持续多久，她要抓紧生活，不然她要做的事就来不及了。在小霜的鼓励之下，寒马暗暗产生了写作的念头，而费，正是那位极力促进这事的爱人。多么凑巧啊，寒马时常幸福得要晕过去了一样。老天怎么给了她这样好的机遇？

要知道这位爱人可不是一般的人，他是一位段位颇高的读者，连小霜姐都佩服他呢。寒马写一会儿，读一会儿，又忍不住到窗口去看费。在寒马眼里，费浑身上下都吸引她，连他额头上的汗水都那么可爱。她真想拿了毛巾跑下去为他擦汗。可是不行，她得抓紧时间。寒马于是叹了口气，坐下来继续她的冥想与阅读。

去上班的前一天上午，费走进了寒马的书房，坐了下来。寒马感到他心里有事。

"费，你说吧，没关系。"寒马爽快地说。

费说，悦，也就是那位奶妈的女儿，为他们准备了结婚礼物，她想让费一个人去取礼物。费不知寒马会不会同意。

"为什么不同意？一点不同意的理由都没有。悦比我先认识你。"

费听了寒马的话有点惊讶，感激地望着她。

"吃过饭你就去吧。我记得你好久都没同悦见面了。"

费离开家后，寒马回到了书房。一开始，她有点心神不定，她在房里反复踱步。后来，她终于强迫自己安静下来，坐在书桌旁，翻开了一本书，找到了她想读的那一章，并开始记笔记。

寒马既然很久以来就做好了准备，她就不会轻易地屈服。她从小就是非常倔强的。这一章写的是关于一位男子放弃爱情的事。寒马竭力去想象那种情境。寒马对自己说："放弃？那不就像死亡体验一样吗？"她觉得自己体会到了一些，又觉得自己终究不能完全体验到。一段情感的死去是什么情形？寒马想到这里，终于忍不住了。

她给小霜打了电话，约她下午去情趣咖啡馆。她稍微打扮了一下就出发了。

"寒马，我真想念你啊。"小霜由衷地说。

她俩坐在大堂的黑暗中。不久前她们也坐在这儿，往事历历在目。

小霜握住寒马的手，她觉得寒马在轻微地发抖。小霜在心里感叹：寒马从来是一往无前的啊。

"一切都很美，很顺利。我都有点不敢相信这是真的。"寒马慢慢地说。

大杯的热咖啡来了。两人一声不响，喝着。过了好一会儿，小霜再次握住寒马的手时，那手心已经发热了。"寒马啊寒马。"小霜在心里嘀咕。

"我从未像现在这样爱得这么深。小霜姐，您一定也有过这种时候吧？"

"有过。但已经过去了。现在还没有，但我期待着。"小霜镇定地回答。

一会儿花豹就来了。花豹在她们腿间擦来擦去，呜呜地哭，两位女士都有点慌张。不过它没待多久就走开去了。

"我坐在楼上的书房里，他在园子里忙碌，情感的律动是那么合拍……我多么希望一直那样坐下去啊。可是不行，人得生存。除了爱情，我还有更大的梦想。费，正好成了帮助我实现梦想的那个人。"

她的声音提高了。小霜想，她亢奋起来了。

寒马大声说话时，就感到所有的阴霾全消失了。她谈到这段时间她对文学的感想，她的越来越坚定的追求。"不从事小说写作，我会活不下去。"她这样宣称。小霜心里的石头落了地，她为这位年轻的朋友高兴，她相信她能跨越一切障碍。

"寒马，你是最棒的。"小霜提高了嗓门。

"多么奇怪，我先爱上了文学，然后就爱上了费！好像两个是一个？"

"一点也不奇怪，寒马。文学是什么？就是爱。所以你就爱了。"

"我深深地感激费，他真是一位高手……"

"寒马，你真了不起。我向你推荐的那本新书，你读了吗？还是我们楼里的仪叔推荐给我的呢。真是一本好书啊。"

"我正在读呢。最近我感到我里面有种东西正在成形，我已经写了一点，我还要写下去。我必须写下去。"

"要死死抓住它，要不顾一切。"小霜的眼里忽然闪出火焰。

"我一定，小霜姐。我准备好了。"

分手时，小霜紧紧地握住寒马的手，她感到寒马的手已经变得滚烫了，而她的脸上仍然有些苍白。小霜想象得出这位姑娘所经历的巨大的心灵振荡，她的沉着的反应也令小霜从心里钦佩她。她目送友人走向那辆公交车，看着她稳稳地跨上去。"我在这个年纪时，可比她差远了啊。"小霜在心里说。

小霜觉得寒马是她的所有朋友里面最有才能的。她想要暗暗地保护女孩的才能，可是她又看到，女孩根本不需要她来保护，她自己能保护自己。"她身上有一种稀有的品质，她在事业上成功的可能性很大。"不知为什么，当小霜在心里说出这句话时，鼻子有点发酸。"我太伤感了，所以天生是当读者的料。"她又说。她预测，慢慢地，这位女孩会变得不可战胜。

寒马从咖啡馆回到她的小家，就上楼去继续她的阅读。一开始，她边读边记笔记，如醉如痴。不知过了多久，天已经黑了，她才想起下楼去那家竹楼面馆吃面。

走进竹楼，就闻到了浓浓的烟火味，那夫妻正在炒菜。

"寒姑娘，今天怎么只有您一个人啊？"女人问道。

"我丈夫有点事进城去了。"寒马用早就准备好的话回答她。

寒马默默地吃完面，同女人道了别，又回到自己的书房。

寒马对自己说："我爱他。这一点也不意味着他有义务时刻陪伴我。是我自己要爱他。我和他情趣相投，目标一致，这有多么难得！"

寒马说过这几句话后情绪就有点亢奋了。她拨通了小霜的电话。

"小霜姐，我正在努力做一个独立自主的人。我刚刚才体会到什么是真正的独立。"

"寒马，太好了，我一直没看错你。"

"小霜姐，我忍不住要同您分享我的体验。明天见。"

她感到心安。她坐下来，于朦胧的情绪中写下了一个片段。她想，这还不是正式的小说，但今后也许会发展成小说。然后，她到厨房去为自己和费烧茶。

将水烧开，精心地准备好茶叶，先为自己泡上一杯。费的那一杯要等他回来才泡。她坐下来慢慢地品，这茶叶真好。

一会儿电话铃响了。

"我和她要去看一场电影，看完可能回来晚一点。"费说。

"好。"寒马简短地回答。

寒马继续喝茶。她想到费为自己的付出，感激地在心里说："他从来不会做假，一切都是那么明明白白。"她觉得像费这么好，又这么意气相投的人，恐怕还是很难遇到的。他自己认为自己不适合创作，因为缺少某种决断的力量，可是他对寒马的创作那么关注，比她自己还要着急。这在一般人看来不可思议，寒马却知道他是出自内心的。她记得有位朋友问过她"什么样的伴侣最理想"这个问题，当时她冲口而出："两人共读一本书。"现在，她已经实现了自己的梦想。啊，那些日子，什么样的狂喜！他俩曾一连几个小时不停地讨论那本书，说着说着就一块儿睡着了……醒来后又继续讨论。

费回到家里已经是下半夜了。寒马听见他在喝茶，然后又去浴室洗澡。洗完澡后他进了卧室，轻轻地上床。寒马连忙紧闭双眼装睡。

"寒马，我知道你醒着。"费在黑暗中小声说。

"我在等你呢。"寒马也小声说。

寒马搂住了费，她似乎看见了费脸上若有所思的表情。

"我们明天要上班了，睡吧。"费说。

寒马搂着丈夫，终于安心地入睡了。又过了好一阵，费也睡着了。

第二天费先下班回家。他上楼到寒马的书房，一眼就看见了寒马新写下的那一段情节。多么美啊，寒马自己知道她写下的句子有多美吗？费回忆起往事，对年轻的妻子充满了感激。"寒马寒马，你是什么材料做成的？你怎么会爱上了我这样一个糟糕的男人？"

"寒马，寒马！"他一边喊一边奔下楼去。

"你快要成功了，寒马！"

他俩在红玫瑰旁边接吻。

"我的天啊……"费喃喃地念叨。

"不，我还没有成功。"寒马冷静地说，"谢谢你，我感到自己摸到一点门路了。不过有费在我身边，我成功的希望一定很大。"

"那么，你后悔吗？"费看着她的眼睛。

"瞎说。你还不了解寒马。不过你终究会了解我的。"

寒马迎着费的目光。费惭愧地笑了笑。

两人回房里梳洗了一番，一块儿去小竹楼吃面。

在路上，寒马对费说，费娶了她是真倒霉，连饭都不能给他做，还像单身汉一样天天去外面吃。费便回答妻子说："我们有精神食粮，这可不是每个人都有的。"

竹楼小面馆的老板做的面条臊子特别好吃。男人只有一只眼睛，但显得很有精神。大家叫他老瑶，叫女人小飞。

时间已不早，顾客们都吃完回家了。两夫妻坐下来休息一会儿。

"小寒，小费，"老瑶开口说，"你俩住在这郊区，遇到过什么怪事吗？"

"没有啊。"费吃了一惊，停止了吃面。

"有一个男的和一位女士，总在这附近绕着这几栋房屋转，尤其是天黑时。有时早上也来。他们俩从不碰面。本地人说，他们相互都在找对方。两人都不太年轻了，当然也不老。大家都说他们原先应该是一对情侣。"老瑶说完后表情有点不安。

"有时我替他们着急，"小飞接下去说，"为什么两人一次都没碰面？既然是情侣，相互又在找对方，怎么会……"

费和寒马一边慢慢吃，一边你看我，我看你，但两人都不想说话。

过了几分钟，老瑶和小飞就悄悄地退到后面房间里去了。

吃完面出来，外面刮起了小小北风，有点寒意。费紧紧地搂着寒马。

"他们好像在批评我……"费小声说。

"不太可能吧。他们不是那种管闲事的人。"寒马安慰他。

"当然不是。我也很喜欢他们。寒马，我打算明天下午请假去你们店看看。"

"欢迎啊。"

回到小屋里，舒舒服服地喝完茶，两人各自去自己的书房。寒马上楼上到半途，朝着楼下的费大声说："费，我对我们的这种小日子真是着迷啊！"

"那就一直过下去嘛！"费也大声回应寒马。

屋外的北风渐猛，这小屋的墙很厚，坐在里头一点都感觉不到。寒马感到她今晚特别想写下一点出乎自己意料的东西。可是她坐下来之后，脑海里又空了。她发了一会儿呆，又去读小霜给她推荐的那本小说。这的确是一本奇异的小说，小霜说是她楼里的仪叔推荐给她的，这就可见那位仪叔是多么不简单的一位老师。她觉得小霜一定很幸福。想想吧，仪叔，费，黑石，多么不平凡的人，他们常在她身边！她读到第四章了。这一章写的是女孩父母早逝，同爷爷一块儿过着平静的生活。一天，爷爷说要回老家去看看，女孩要同爷爷一块儿去。他们坐火车来到一个地方，下了车，爷爷在左看右看，说自己记忆有误，这不是老家，是一个从未来过的小镇。女孩听爷爷这样一说，立刻变得非常激动，马上提议两人去住当地的旅馆。旅馆很便宜，他俩一人住一个单间。当他们下楼去吃饭时，爷爷就打不起精神了。他的情绪越来越低迷，说自己再也回不了家乡了。但女孩从心里相信，这个地方就是爷爷的家乡。她决心帮助爷爷一点一点地认出他的故乡。在这一章的结尾，祖孙俩正朝着山脚下那些点点灯光的瓦房走去，夜幕已降临。

"家乡？"寒马自言自语道，"谁又能说得准那是一个什么样的所在？正像我也说不准我的前方会遇到什么。"

寒马特别喜欢书中对于这两人的描述：老人执着于黑暗的记忆；女孩总是处在冒险的冲动中。但两人的行动又是那么合拍。整个晚上，寒马都在想这一章里所发生的究竟是什么事。她没有写小说，她沉浸在别人写的小说中了。忽然，她产生了幻觉，就仿佛这部小说是自己写的一样。

"费，费！"她一边下楼一边喊，"你的家乡在哪儿？"

"在南边，靠近广东省。我不是告诉过你吗？"

"你能确定？"寒马拉住费的手问。

"我？"费翻了翻眼，说，"不，我不能确定。这问题太大。"

在黑夜的北风中，两人紧紧地搂着对方。寒马紧闭双眼，脑海里出现了那些鬼影般的瓦屋，还有点点灯光。"八年后……"她含糊地说出这几个字。

费在想什么？他想得很多。当时他同寒马同样急于结婚，因为他觉得这是他一生中再也不会有的机会了。啊，这位女孩！他不知道要怎样预测他同她未来的前景。不，他不预测，在她身边，做那种预测是可耻的。可以说，他俩昏头昏脑地就结了婚，他决心同她相守，因为别无选择。他听见了她的嘀咕，他想，也许不到八年，他们就不再在一起生活了。谁又能看见心底的那个故乡？寒马太聪明了，总有一天，她会看出自己已经不再需要他。这不又在做预测吗？真可耻。他想起了竹楼里的老瑶的故事……寒马，你等等我啊。

费决定在休息日同寒马一块儿去海员俱乐部听一位船长做报告。寒马听了他的提议后犹豫了一下，然后同意了。本来她是想星期六在家里大干一场，将自己的写作模式确定下来。但是她想，费的提议后面有潜台词。他想去那里重温旧梦，为什么？她有点疑惑，有点隐隐地担忧。寒马想，她差不多已经闯过了三人关系里的障碍，可以坦然地面对这件事了。但她觉得费与她并不同步。他很爱她，但在她面前偶尔会显露出愧疚的情绪。而她认为他不必愧疚。她知道费对前女友依然恋恋不舍，可这正说明他是个重感情的人啊。一掉转头就将前情人忘个干干净净，那种类型并不是寒马所喜欢的。总的来说，寒马感到自己的新婚生活丰富、安宁，而又不乏刺激。长久以来，她追求的就是这种生活，现在正在实现。

他们来早了一点，于是就在俱乐部的小花园里散步。眼前的景物是那么亲切，但又似乎久违了一样。有一对非常年轻的情侣坐在花坛边上小声说话，使他们俩立刻想起了婚前的日子。

"同他们比起来，我觉得自己已经有点老了。"寒马说。

"我也喜欢这个老一点的寒马。在你之前，我从未遇到过你这种类型的女孩。你给我一种紧迫感，我觉得自己会落在你的后面，远远地落后。"

"不会的，费，你过虑了。你的情感世界那么丰富，这正是吸引我的地方。我在你身上看到了我自己的方向，就一步步地坚定起来了。我还没有完全了解你，我想，爱并不需要太多的了解吧。费，你放松下来吧，用不着紧张。你瞧我多么放松。"

人们三三两两地走过来了，费和寒马随着人流往礼堂那边走去。

台上的船长是一位退休老人，头发雪白，鼻子红红的，眼睛很大，但似乎有点睁不开。寒马没注意老人在说什么，她在想自己的小说。费紧紧地握着她的手，她能感觉到他的心跳。那位船长似乎天性特别乐观，不断地说笑话，底下的观众笑成了一片。寒马想，为什么费不笑？她的思路一下子回到了费身上。那一天，就在礼堂外面的草坪边上，费拉着她的双手，目不转睛地看着她。那个瞬间定格在寒马的记忆里，她就是在那个瞬间决定了要同费长久相守。她凑在费的耳边说：“我想去外面看看。”

寒马来到了草坪边上的那个地点。对了，就是这里，这里有块形状特殊的大石头，它是他俩的见证人。那一天，好像周围的一切都在燃烧，太阳啊，云朵啊，草地啊，远处年轻人的白衬衫和花裙子啊，乳白色的地灯啊，等等，全都在燃烧。寒马眯缝着眼，感受着大地的热力。她和费反复地接吻。似乎要通过这接吻来确定自己的决心……这是不到四个月之前的情景。

“女士，您需要深入了解海员们的情感生活吗？”

那人推着一车杂志停在寒马身旁。

寒马买了一本《海上生活纪实》。杂志里面有很多图片，这是她感兴趣的。

她在小道旁的长椅上看了一会儿杂志，就看见费正朝她走来。

费的眼圈红红的，他哭过了。

“怎么回事，费？”

“啊，太感人了！老船长说到他和他妻子的事，海上的忧思，那种绝望，那种无助……寒马，我们回去吧，天气有点冷了。"他说。

寒马想，为什么费感觉天气有点冷了？她抬头望了望艳阳高照的蓝天，有点担忧费是不是要生病了。他一下子变得这么多愁善感，这是寒马没料到的。她觉得他好像变成另一个人了。不过，也许他本来就是这样的。

他们很快回到了家里。费拥抱着寒马，轻轻地说："老船长的那些话将我的心冻成了冰块。不，我不想他的事了，我要将他的故事忘记。寒马，如果有一天你要离开，你会事先告诉我吗？"

"我没想过。怎么会离开？不可能。"

"会的。一切都是可能的。"

寒马不想追问费关于老船长的故事，她觉得自己已经猜出来了。那应该是一种至死不渝的爱情。她自己也会至死不渝吗？她不知道，也不愿多想。费很可能是在老船长的境界的对照之下有点自卑吧，其实他大可不必。人和人不一样，费的境界与老船长也不一样，很难说谁更好更高……

那天夜里，在心醉神迷的交合之后，两人都在黑暗中寻找对方。寒马一下子就体验到了竹楼的老瑶师傅所说的情景。

在动笔写小说的碎片的前一天，寒马做了一个梦。那天晚上，费在单位加班。寒马看了一会儿书，感到有点累，她记起白天参加了植树的活动。她比平时提早上了床，一会儿就入睡了。朦胧中听到有人在客厅里叫她。寒马摸索到床头灯开关，按了一下，没想到台灯竟然坏了。她又去摸索卧室顶灯的开关，顶灯也坏了。叫她的是个女人，寒马慢慢地听清楚了，是竹楼里的小飞。寒马一边答应着一边走到了客厅。客厅里的灯也不亮，看来是线路坏了。但是小飞也不在客厅里。她到底在哪里叫她？

"小飞，小飞！"寒马叫了两声。

"小寒——我是在同你约好的地方，我们一块儿走吧。"

风将小飞的声音从远处吹来。寒马觉得她离得很远，也觉得自己找不到她，就坐在客厅里的沙发上等。寒马等了一会儿，却再没听到小飞的声音。从落地窗看出去，可以看到池塘里的水发出的反光。寒马变得有点焦虑了，这在她是很少有的。她一遍又一遍地问自己："费会不会出事？费会不会出事？"她最担心的是交通事故。不知坐了多久，她才突然记起，费夜里是在单位宿舍里休息，并不会坐夜班车回家。寒马昏头昏脑地回到卧室里，又在床上折腾了一会儿才入睡。

第二天早上，她起床后发现所有的灯都好好的，客厅的沙发上也没有落下她的披巾。她记得自己是披着披巾走出卧室的，但披巾好好地挂在衣柜里。那么，应该是一个梦。费让她焦虑了，完全没有必要，是她自己要焦虑。也许，建立了小家庭就总会有焦虑吧。

寒马一下班就跑步去赶车。

推开院门，看见费正在院子里忙碌，她心里的那块石头才落了地。她没有将自己做梦的事告诉费。

"你睡得还好吧？"费放下锄头，吻着寒马的脸颊问。

"还好。你呢？"

"不好。宿舍房间里有两只蚊子，被骚扰得睡不着，老想起寒马。"

"那我们快去吃饭，晚上早点睡。"

"不行不行，你晚上还得写作呢，现在是关键时刻。"

寒马听了这句话差点涌出了眼泪。

她一连写出了两个小说片段，不是关于爱情的，却是关于一个人在异乡努力求生的事。她在努力捕捉一种语气，努力确定笔下的句子的意图，虽然总是确定不了。现在她的确很想很想写，这种渴望只有费最清楚，所以他说是"关键时刻"。她将写下的片段又读了几遍，就下楼去费那里。他还没睡。

费扬了扬眉毛，接过寒马的笔记本。寒马觉得他仅仅往本子上扫了几眼。

"你快上路了，寒马。"他说。

"我也觉得这次有点不同。"

"不是有点，是很不同。你正在成熟。"

"费，我想问你一个问题。"

"你问吧。"

"为什么你自己不写？好久以来，我就感到疑惑，为什么你自己不写作？"

"哈哈，你以为我没尝试过？我的语言不好，远不如你，差太远了。我是培养作家的那种人，对吧？"费做了个鬼脸。

"我们睡觉去吧，费。再谈论下去，我会把你累死。"

费一上床就轻轻地打起了鼾。寒马将搂着他的手臂轻轻地抽出来。在黑暗里，她心里涌起一波又一波的热浪。她分不清那是写作的激情还是爱情。

寒马是深思熟虑的。她不会去预测同费的关系今后的发展，她也绝不去打听费是如何对待他的前情人悦的。她想，即使费同悦仍然保持亲密关系，她也应认同这种关系。作为女人，她理解另一位女人的孤独。并且这位女人爱她的丈夫，从未改变过。这是个死结，寒马的情绪有时会不由自主地受到影响，但她是那种有定力的人，也是不容易被打垮的人。

台风来的那天，费消失了整整一天，既没给她来电话，事先也没向她说明。寒马知道费是不愿撒谎的人，并且这种事也太难说明了。寒马还知道这种事会经常发生，自己必须强迫自己习惯。

当时她在商场，风将商场的招牌吹到了大街上，到处一片黑压压的，店员们都待在商场里面。费是昨天傍晚走的，一夜未归。一早寒马就来商场了。她到商场一小会儿，台风就刮起来了。像上回一样，那个声音又在她心里响起："费会不会出事？费会不会出事……"她老觉得费是在大街上走，所以内心十分紧张。

"寒马，你冷吗？我有衣服，你要不要？"店长问她。

"不冷不冷，我只不过有点紧张。我从未见过这么厉害的台风。"

"会过去的。气象台说损失比较大。"

店长拍了拍寒马的肩头，回办公室去了。

寒马坐在货架间，决心让自己的思路集中在酝酿中的小说上。小说给她的生活带来了这么多的欢乐，而且说不定还能帮助别人。如果有一个人处在她现在的情境中，她就可以通过一篇小说告诉这个人，一切都没有一般人想象的那么糟，都会有很自然的解决的办法，只要人多一点耐心和相互的信任……

关上的店门外面有一个女人在哭泣，像是歇斯底里。

寒马对自己说："我永远也不会发作歇斯底里。"

"寒马，你星期五会去书吧吗?"小霜在问她呢。

"我一定来，同费一块儿来。"

"我同黑石一块儿来，黑石要做精彩发言!"小霜激动地说。

"小霜姐，以前书吧里的书友们，除了费，黑石也是我最崇拜的。"

"那么，你开始写小说了吗?"

"我正在写一个短篇小说。同费这样的人生活在一起，我必须不断地爆发，我现在没有退路了。您瞧我有多么惨。"

小霜微笑了。她想象着这一对伴侣在一块儿时的幸福情景。

"寒马，你真有眼力啊。"

"我也觉得我的眼力不错。他的确是赤子之心。"寒马自豪地说。

此刻，寒马将内心对于费的小小的慌乱一下子就抛到脑后去了。同费谈论文学的那些日日夜夜浮现在脑海中，至今仍令她脸红心跳……如果不是因为有他，她现在还在文学的外围徘徊。从少年时代开始读小说和诗歌，她一直都是采取将自己全身心代入的方法，如醉如痴。直到有一天遇见了费，她才发现，那些最好的小说里充满了一扇又一扇的幽暗之窗。费激起她的热情，让她去打开那些隐秘的窗户，探索窗外的陌生的天地。从那个时候起，寒马的阅读就发生了转折。

"你在想他?"小霜问。

"我总在想他，因为他同我的文学连在一起。这是不是很方便?"

"太妙了! 寒马，这简直是，简直是——我不知道要如何形容了。我现在要去收拾东西了，不打扰你的冥思遐想了。"

寒马将椅子移到暗处，倾听着外面的雨声。现在，她不再感到害怕了。大自然里面有晴天，也会有台风，自古以来就这样。刚才她又想出了小说中的一段情节，她记录在小小的笔记本里了。也许当她回到家时，.费也在家里了，那时她要同他共享。

在货架的那一边，她的同事，两位很年轻的女孩子正在相互倾诉各自的情思，那低沉的声音像鸽子叫一般。寒马似听非听的，在心里感叹:"多么动人!"于是，她在内心升起了信心。这世界不会因一场台风而减少她的美妙。

"寒马，原来您躲在这里! 我一早就在店里找过您了。"

这是在对面大书店里工作的男孩晓越。他也参加了小霜的读书组。寒马见到他就有种温暖的感觉。晓越表面看上去内敛，但只要谈论起文学来就像一盆火。而且他善于与人沟通，熟悉社会各种阶层的阅读倾向。自从他加入寒马的阅读小组以来，他一直在协助小霜提升他们这个小团体的阅读品位。寒马特别欣赏他与人沟通的技巧和将书本知识运用到现实中的才能。

"晓越，您来了正好！我一直在想，您还应该参加我们的'鸽子'书吧，您代表着一股新的势力，我们书吧需要您。"寒马兴奋地说，眉开眼笑。

"我当然要参加。我早就听说了您的丈夫——传奇般的人物！老实向您承认，我在他面前有点自卑，我只能算个小学生。"

"您不要谦虚了，我见识过您的高超技巧。来吧来吧。"

"我一定来。有一件事同您商量：明天晚上在我们这里，我想同大家谈谈我们的一位读者的成长经历。我谈过之后，想要您来做一些补充。您看怎样？"

"真好，我喜欢这种话题，我一定尽力而为。"

"另外我还想说点题外的话，您不要生气。寒马，我同您认识的时间很短，但我老觉得您是我的一个多年的老朋友，可以随意吐露心事的那种。您有一种极为开阔的视野，所以从不大惊小怪，但您又明白就里。真难得。"

晓越说完就告辞了。寒马看着他的背影，心里想，又多了一个好朋友。她觉得，自从她同文学结缘以来，她的朋友就多起来了。这位男孩比费小，他说费是传奇般的人物，还说他在费面前有自卑感，这就可见费在读书界的魅力……他并没有夸大。寒马回忆起她同费的初相识，点点滴滴仍能激荡她的心灵。这位书友晓越，在人际关系方面阅历很深的青年，是特意来向她表示敬意的吗？

外面的风渐渐小了，寒马的内心也越来越明朗。她又回想今天记下的小说情节，心底忽然生出一股热情。她将这股热情称为"关于费的想象"。

"寒马，去吃饭吧。你笑什么？"店长向她招手。

"台风要过去了，我们没受大的损失，所以我高兴。"

"真是个贴心的姑娘，我爱你。"

"我也爱您，店长。"

那天夜里从书吧出来，费和寒马拐进一条黑糊糊的小巷。小巷一直通到河边，他俩要从那里搭公交车回去。一路上，寒马感到费有点垂头丧气的样子，于是试探地问他。

"费，你对黑石的新观点怎么看？"

"我已经说过，他说得好极了。黑石具有一种不一般的功力，他属于身体力行的那一类，所以他才能体验得那么深……他的话令我惭愧，因为他说的那种境界我达不到，我是个随波逐流的人。"

"可是费，我喜欢你现在的样子。"

"那是因为你还没遇到困难，没有面临选择。你大概看出来了，我是个没有担当的人，这种人的坏处和好处一样多。"

"我恰好爱上了你的好处，这应该是缘分吧。当然，我也喜欢黑石的深沉。他体验到的那种境界应是我们这个时代的文学艺术所追求的境界吧。他能读到那个层次，天分还是相当高的。小霜姐也如此。费，振奋起来吧。每个人都有好处和坏处，没必要为这一点沮丧。"

前面就是那条河，闪着奇怪的白光，亮得有些扎眼。听了黑石和小霜的发言之后，寒马的情绪一直很高昂，费的情绪却一直低落。

下了公交车之后他们还要走一段路才到家，那条路的两旁没有房屋，生长着一些灌木，听说常有野狗从灌木丛里蹿出来咬人。寒马边走边前后张望，有些紧张。忽然她发现费不在身边了，怎么回事？她叫了一声，但费没有回应她。寒马加快了脚步，几乎是在跑了。她想快回家，回到家就知道是怎么回事了。也许费在开玩笑，要让她锻炼胆量。跑着跑着，居然撞着了一个人，是小飞，前面是她的竹楼呢。

"寒马快同我进竹楼。费在里面等你。"小飞说。

灯光下，费显得一下子老了十岁。

"你怎么在这里？"寒马问。

"好像有什么东西拉着我往荒地里走，我和那东西搏斗，扭打在一块儿。然后我突然看见了竹楼，就不顾一切地冲进来了。可见条条路通向我的爱人啊。"

费笑了起来，笑得很难看。

他俩默默地回到家，默默地相拥入梦。但寒马居然一个梦都没做。

第二天中午，费和寒马在竹楼里吃扬州炒饭。他俩刚一吃完，老瑶就过来了。老瑶在桌边坐下，说："那一对在这里捉迷藏的年轻人，今天早上远走高飞了。我看见他们上了一辆长途汽车，两人都背了大背包，喜气洋洋的，像过节日一般。"

"他们相互找到了对方吧。谢天谢地。"费说。

"说不定是换一个地方继续找下去。"老瑶眨了眨他那只独眼。

"老瑶，说说您和小飞吧。"费央求他。

"我们从来不捉迷藏。"老瑶爽快地说，"那时我在那个破旧的小旅馆遇见了小飞，当时她已跑了三个省，还没找到合适的工作。她风尘仆仆，几乎用光了所有的钱。我有手艺，但我的人缘不好，京城的一家大餐馆将我赶出来了。可以说，我和她流落到了蒙城郊外。我们并不是同病相怜，而是心怀着共同的理想。后来我们就搭起了这座小竹楼，那时我们没日没夜地工作。"

老瑶说话之际，小飞已经悄悄地走到了他身后，满面笑容地站在那里。

"那么小费，你和小寒也在没日没夜地往前赶吧？"老瑶突然话锋一转，"有理想的人，没有时间玩捉迷藏，对吧？"

"对极了！"费和寒马异口同声地说。

"我同小飞，是志同道合的夫妻。一个人想出一个点子，另一个马上就来添砖加瓦……我们总在想点子，要把工作做得更好。"

从竹楼里出来，费的情绪变好了。

"寒马，我俩相处得还可以吧？"他问。

"不是'还可以'，是好极了。你读了我写的短篇吗？还可以吗？"

"读了，我要说，好极了。你还没写完，后面会更好！"

"你瞧，我们也是没日没夜……哪有时间捉迷藏？"寒马哈哈大笑。

"唉唉，寒马寒马……"费喃喃地说。

"我们就住在对方的心里，还用得着去找吗？"

他们各进各的书房。费感到他的时间越来越紧迫了，必须帮寒马一把，必须扩大阅读量，必须不停地写笔记……

寒马沉浸在她还不太熟悉的小说境界里，她感觉到自己是一名新手，不时会有点惶惑。但有一点是明确的，这就是有什么事物吸引着她，令她跃跃欲试，要向那里突进。这种状态并不是平时那种激动，但也不是完全不激动，而是一种努力牵引和努力悬置的运动。写完一段停下来，寒马突然明白了费说过的话。当时他说自己不适合写作，因为他的个性中有太多的随波逐流的成分，他认为寒马才是那个应该写作的人，因为寒马具有高度的自律能力，能够不断刷新语言的所指。夜深了，费在叫她呢。

"寒马，你是开拓型的。"费激动地说。

"可能是因为爱，我才有了信心。"

"其实没有我，你照样……"

"不，不是那样。我记得很清楚。我们就像老瑶和小飞一样。"

他俩一齐朝窗外看去，看见那竹楼里依然亮着灯。

"他们也在进行饮食方面的创新实验。"费向寒马耳语道。

"费，我太幸福了。我从小就自认为可以干成一件事，可没料到幸福来得这么快……这都是因为有了你，我俩在文学上是一个人，对吧？先前还没有你的时候，我一直在寻找你。后来找到了你，事业也开始进展了。这绝不是偶然的。我一直对自己说，我得到了最好的。"

"唉，寒马寒马……"费说不出话。

他们相拥站在客厅里，两人都听到了从云城市中心传过来的车轮声，有一个车队从大马路上经过。

费为寒马感到心酸。他因惭愧而说不出话。

但寒马并不认为自己可怜，她为有费这样的伴侣而自豪。此刻她的苦恼是：要怎样才能让费明白自己的感情的真实情形？为什么一般人都难以克服爱情中的"占有"情结？想到这里，寒马就在黑暗中微笑了。的确，一段时间以来，她已不再为费不时离开她而痛苦惶惑了。一切都是可以改变的，就像小说中写的一样。她，正在慢慢变成她想要的那个样子。

"你真的没必要……费，事情并不是你想象的那样。一开始有点难，后来我慢慢地起了变化。我以前也爱过几个人，但从未像爱你爱得这么深。你在听吗？"

"我在听呢，寒马。我每天都对自己说，世上怎么会有你这么好的女孩。而我，我是一块炭渣。我觉得我该主动离开你，可我又做不到。"

"为什么要离开？为了你自己那可笑的自尊？你可不要说是为了我。我现在最最需要、最最惦记的人就是你。你抽身离开，我不知道我还能不能写。"

郊区荒野里的风刮得那么不留情，门窗都在颤抖。艰难的沟通将爱人们弄得疲惫不堪，终于昏昏地睡去。寒马入睡前的念头是："费不相信我对他的理解，因为很少有别的女子像我这样。"费的念头则是："她多么好，我对她伤害得多么厉害！"

夜里费做了噩梦，他喊出了声。寒马紧紧地搂着他，轻拍他的背。她听见费在幽幽地说："是你吗，寒马？我们已经越过去了吗？""是啊，已经越过去了。"寒马回应说。她听见费发出了轻微的鼾声。但寒马一直醒着，她在想她的小说，想那些最明丽的词句。然后她又回到现实，在心里说："即使费理解了我对他的理解，他也还是不能放过自己。因为他觉得这事对我不公平。这是一个死结。如果有爱，哪能处处讲公平呢？"她盯着窗户上的那点月光一直想下去，"是我要爱他，离不开他。他也离不开我。如果没有我，他和悦经历了从前的挫折之后，很可能会相处得很好。这件事上我的自私也许多一点。如果我不理解费，还去干涉他同悦的交往，那我就是真正的自私自利了。新的爱情的确产生了，但并不等于旧的爱就完全消失了啊。我知道费不是那种人，这可能也是我喜欢他的原因吧。那是十几年里头积累起来的深爱，也许我的爱不如她的深，肯定不如……"

一直到早上她都没有合眼。

柳铮老师和米琳

　　他俩是在歌剧院相识的。那一天，柳铮老师兴致勃勃地去听京剧《尤三姐》。剧间休息时，柳铮老师发现邻座是个充满了青春活力的漂亮女孩，最多不会超过二十二岁。他暗想，这么年轻的女孩子却喜欢京剧，很少见。于是开幕时他就将目光偷偷地溜向那女孩。令他万万没想到的是，女孩也在看他，而且是直愣愣地看。幸亏周围较黑，别的观众注意不到。女孩斜过身子，凑在他耳边说："这位演员真美，我最喜欢这种男性化的女孩，就像一种理想。"

　　柳铮老师为她这句话大大地感动，他顾不上听戏了，就也凑在她的耳边悄声说："的确是美。我同您有共鸣，您感到了吗？"

　　"当然啦——"

　　戏一散，他俩走出座位，米琳就自然而然地挽住了柳铮老师。

他俩在黑黢黢的大街边走过来走过去。柳铮老师提议去酒吧喝一杯，但米琳拒绝了，她说酒吧里生人太多，她会紧张。

"我从小就想做尤三姐，可我的性情同她差得太远。您怎么看我？您喜欢尤三姐吗？"

"喜欢。"柳老师说，"扮演她的是一位天才男演员。我本来是想好好听戏，可是现实中的戏比台上的更精彩，我就走神了。"

"那么下个星期三我们再来听这出戏，好吗？"

"好。"柳老师感动得热泪盈眶。

米琳说下星期三她会提前买好票，站在剧院门口等柳老师。她说完这句话就上了一辆夜班车。柳老师注意到那车开往城南。

米琳坐在前排位子上，她的思绪仿佛被冻结了一般。每当她过度兴奋，她脑子里就一片空白，这是她的常态。她感到那夜班车是命运之车。

她回到自己的公寓里时才恢复过来了。她认定刚才那位男子就是她米琳从小到大一直在寻找的类型，更难得的是他俩还有共同爱好。米琳躺到床上时，心又静不下来了。她不知不觉地在模仿柳老师说话。他一点都没有打听她的情况，这就是说，他对同她相识这件事完全不感到意外。她也是这样！米琳觉得自己心花怒放。就在这时电话铃响了，是住在乡下的母亲。

"我的琳琳快活吗？刚才打电话没人接，我有点不放心。"

"妈，我很好。您今天和舒伯去赶集了吗？"

"去了，买了条小狗。你睡吧，琳琳！"

米琳的脸上泛出笑容，她猜舒伯和妈妈正在床上。她妈最喜欢在自己做爱时打电话给女儿。她是那种博爱者，希望大家都恋爱。八年前，她失去丈夫后不到一星期就同这位舒伯伯交往起来。为了避人耳目，她和舒伯干脆搬到了附近的乡下。反正两人都退休了，米琳又上寄宿中学，所以两人就过起了田园般的生活。这件事对米琳的刺激很大，因为她的父母很恩爱，从前还一起共过患难，妈妈怎么会这么快就转向别人呢？过了一段时间米琳就理解了母亲。舒伯伯已快七十岁了，无儿无女，差不多像是白活了一辈子，忽然就狂热地爱上了自己的同行。谁能责备这样的孤苦老人？因为有了舒伯如此专一的爱，米琳的母亲很自豪，这大大地减轻了丧夫的痛苦。后来米琳也开始羡慕母亲的好运了。

夜深了，米琳还在床上痴想，不光想剧院的奇遇，也想柳铮老师的外貌，猜测他此刻是否也在想她。她开灯看了一下表，已经一点半了。她实在忍不住，就打了个电话给柳老师。

"是米琳吧？我正好也在想您。您没事吧？"

"我没事。我刚接了母亲的电话，就睡不着了。我母亲和她的爱人住在乡下。我们结婚吧，柳老师！"

"我多么幸福，米琳！等一等，您刚才说我们结婚？"

"是啊。除非您已经结婚了。"

"我还没有。我太幸福了，我现在就上您那里去，好吗？"

"可是现在没有公交车了，要走一个半小时。"

"这没问题，我从前是业余长跑运动员。"

然而五周以后他俩分手了——还没来得及结婚。原因很简单，柳铮老师工作繁忙，事业上有野心，热爱本职工作，所以不可能每天有时间同米琳在一起。米琳的工作则很轻松，是在工艺馆画彩蛋。因为近期生意清淡，只工作两小时就回家，所以她有大把时间。

每当米琳待在家中，柳铮老师又老不来电话时，她感到自己简直要发狂了。她知道柳铮老师喜欢他的工作，可她认为那也得有个限度，他正处在热恋之中，怎么能做到不每天来城南她家中见她？那只能说明他并不很看重她啊。后来米琳又提出由她每天去柳铮老师家。他答应了，并且对她充满感激。这使得米琳满怀希望。然而当她坐在他那朴素寂静的宿舍里等待他时，他还是每天忙到深夜才回家。有时他还睡在办公室，说是怕回来太晚打扰了米琳。这种时候，他总预先给米琳电话，让她早些睡。米琳一挂上电话就破口大骂，她也不知道自己从哪里学来那么多脏话，连珠炮一般骂下去，像鬼魂附体了一样。

终于有一天，米琳气急败坏地对柳老师说："我要离开你！"

"你要走？我们还没结婚啊。我这一生完了。"他万念俱灰。

"我不能和你结婚。"米琳铁青着脸说。

"那你和谁结婚？"

米琳提起脚就向外走。柳老师追出去，用双手按住她的肩膀，口里哀求着。米琳突然扭转脖子在他手背上用力咬了一口。柳老师松了手，发出惨叫。他盯着自己血肉模糊的手，内心无比震惊。米琳一眨眼跑得无影无踪了。柳铮老师已经感觉不到伤口的剧痛了，他像做梦似的站在家门外，任凭伤口流血。后来是楼上的老师替他包扎好伤口，又将他送到校医那里。

米琳走了之后，柳铮老师才确确实实感到自己的一生完了。虽然他仍然拼命工作，却失去了灵感。他成了个机器人，连自己都对自己心生恐惧，因为他从未有过这种感觉。

半年之后，他才一点一滴地恢复了对生活的感觉。

米琳受到了重大的打击，整整一个月里头完完全全失去了睡眠。后来她的工作也没法做了，她母亲就从乡下跑来将她接到了她家中。自残的事发生在乡下，幸亏她母亲警惕性高，米琳才保住一条命。

不知道是出于母亲的自私呢，还是她认为要给米琳一线希望，就在米琳终于平静下来，融入两位老人的田园生活时，有一天，这位母亲偷偷地进了城。她通过一些曲折的关系找到了柳铮老师的家里。这已经是七个月之后了。柳老师在院子里做木工，为了使自己的精神振作起来，他决定做一张方凳，现在已经快完工了。

"您好，我是米琳的妈妈。"

"啊！您请坐，这里有把椅子。"

"您觉得意外吗？"

"不，不意外。因为我爱米琳。我去为您倒茶。"

"不用麻烦了。米琳发生了一点小意外，不过事情过去半年多了。"

"她现在怎么样？"

"很好。她在我那里，每天在菜地里忙。我觉得她很苦，可她不愿诉苦，她硬挺着。"

"您愿意我送您回家吗？"

"愿意。您是个好人。米琳不会处理同别人的关系，我把她惯坏了。"母亲说着就哭了。

他俩一块儿回到了母亲家中。柳老师请了一个星期假。那七天里头，米琳和他时时刻刻在一块儿。乡下房子的厕所在屋外，即使柳老师上厕所，米琳也跟着，站在厕所外面大声同他说话。母亲看到这种情景时，脸上的表情显得很担忧。

一星期后，柳老师和米琳一块儿回到了他的宿舍套间。柳老师怕米琳在家待着寂寞，就替她在一家杂志社找了一份美编的工作。但是米琳很快就出现了精神上的问题，她在工作上连连出错，最后只好离开了杂志社。

"米米，你就在家伺候我吧，反正我们也不缺钱。我也三十五六岁了，该享享福了。"

"我觉得我是生病了，肯定是。为什么我要连累你？"

"胡说。很多人都这样，只是集中不了注意力罢了。什么叫连累？没有米米我活不下去，我死过一次了，你不想害死我吧？"

"你说的是真心话吗？"米琳紧张地看着他。

"我要说假话五雷轰顶！"

两人开始了甜甜蜜蜜的小日子。米琳在家做家务，把他们的小家弄得舒舒服服。柳老师照旧在学校里忙，但他注意每天尽量早些回家陪伴米琳。倒是米琳的性情改变了，她再也没有抱怨过柳铮老师，反而时常同他谈起学校的事，还给他出些主意。柳老师觉得自己达到了幸福的巅峰。为了给米琳解闷，他不时从图书馆借些书回来给米琳阅读。那些书大部分是小说和诗歌，还有一些园艺方面的书。他按照自己的口味选择书籍。奇怪的是从前没有阅读基础的米琳天分极高，她对每一本书的体验都有自己独特的创见，而这些创见又影响了柳老师。于是由书籍做媒介，两人的相互理解日益深入。

"可了不得，"柳老师说，"我们家要出一个文学工作者了。米米，我觉得你天生是搞文学的人，你完全可以练习写作。"

"瞎说。我根本不能思考，更不能将我的思想写下来。我要那样做的话就会失眠，很危险。"米琳说这话时目光望着别处。

"我明白了。用不着写下来，你同我说一说就可以了。自从你读了这些书之后，我再重读时，就好像眼前出现了另一片天地。你是最棒的！"

但是米琳的眼神变得有点忧郁了，柳老师一时追不上她的思路，就默默地抚摸着她的肩头。他对自己说："没有过不去的坎，我要拼命努力。米琳太正常了，所以那些小小的不正常完全可以忽略不计。"

不过米琳并没有阅读的激情，柳老师借回什么书，她就读什么书，仿佛有些被动似的，令柳老师大为不解。

"有一些物团挡在书中发生的事件前面，我看不太清那些事情，我不能用力，一用力就好像要发生眩晕似的。所以我想，还是顺其自然吧。是不是因为我太喜欢你的书了呢？"

"那不是我写的，是一些伟大的作家写的。顺其自然吧，米米。对于我来说，你就是美。这半年里头我的变化太大了，我以前真狭隘。"

米琳痴痴地看着他，看了一会儿，忽然低下头轻轻地说："我刚才没听懂你的话，我是不是出问题了？"

柳铮老师一有时间就同米琳一块儿去郊区的山里。他俩一块儿爬山。爬着爬着山米琳就会欢呼起来，脸上显出婴儿般的表情。柳老师惊讶地说："米米，你应该是在山里出生的。"但是米琳的激情持续的时间很短，往往爬了不到一里路，米琳就催促柳老师回家。柳老师独自一人时常常深思米琳的这种表现，但想不出个所以然来。

他俩一块儿读了半年小说之后，柳老师有一天动员米琳去加入城里的一个读书会，还说两人一起加入必定受益多多。

"我担心我去了会紧张。"米琳说。

"啊，不要这样想！我有个朋友在那里，他为我描述过读书会，那应该是个妙极了的组织。"

后来发生的事说明米琳并不是过虑。涉及她心爱的书时，米琳就好像又变成那个咬人的怪女人了。柳老师终于相信了米琳的话——她的确不能去人多的地方。

那些柔情缱绻的夜晚！柳老师在心里反复对自己说："我做得对。"他觉得自己重新焕发出了青春的活力。

可是转折又到来了。一天早上米琳说，她要去母亲家里住一阵。

"是因为失眠吗？"柳老师拉着她的手问道。

"有一点点，不过不厉害，回去休养一阵就好了。"

她坚决不让柳老师陪伴，自己一个人坐长途汽车走了。

她一到母亲家就给他打电话了。柳老师从她的声音听出来她非常放松，好像那些在工厂里做流水线的女工下班了一样。这个发现令他陷入痛苦之中。米琳离开后的房间显得空空荡荡，柳老师强迫自己适应重新到来的孤独生活。他想，他已经经历了巨大的幸福，所以目前老天给他的孤独也是很公平的。

米琳隔一段时间就去母亲家待上两星期。她在乡下种蔬菜，养鸭，打草喂鱼。她还交了两个小朋友，都是很早就辍学的乡下女孩。由于白天里搞劳动，又得到大自然的滋润，她的睡眠便得到了改善，眩晕也好了。然而她母亲看见她时常独自垂泪，当然是因为想念柳老师。有次母亲偷偷打电话给柳铮老师，柳老师就急匆匆地赶来了。他俩一块儿度过了仙境般的三天。柳老师在乡下时，米琳还是寸步不离地跟着他。她心里一直有种预感，那就是她和他终将分手。但米琳不能深入地想这种事，一想就要发眩晕病。

"妈，您觉得他怎么样？"

"我不知道。我只知道他是你命中的贵人，一个少有的男子汉。"

"如果我不能再去城里待的话，他怎么办？他爱他的工作，更爱那些学生。我，我在拖累他啊。"

"你会好的，琳琳，要有耐心，转机会来的。"

母亲背着女儿大哭了一场，她感到天昏地暗。

米琳在柳老师家待的时间越来越短，一年里头回母亲家的次数越来越多。有一天，她出门去买菜，忽然在大街上迷路了，也忘了自己是出来干什么的。后来是交警将她送回了柳老师家。第二天柳老师就请了一位老阿姨来家里。他对米琳说，徐阿姨是他的堂嫂，刚死了丈夫，又没孩子，成了孤寡老人，在家里寂寞难熬，想到他家来帮忙做做家务。米琳一边听柳老师介绍一边点头，也不知她心里怎么想的。于是徐姨就留下了，她每天一早就来陪着米琳，两人一块儿搞卫生，一块儿上街。到了下班的时候，柳老师回来了，徐姨就回家去，她住在城东。徐姨头脑灵敏，见多识广，和米琳相处得不错。

住在城里的时光，米琳的睡眠仍然没有改善。又因为睡得不好，她白天里越来越容易紧张了。幸亏徐姨将她当女儿看待，为她解除了许多障碍。

"我看得出来他不能没有你。一个男人就是工作上再出色也不能没有感情生活，感情生活总是第一重要的。我那死鬼当年为了我放弃了在北方城市升迁的机会，最近我也常想，是不是我害了他？你瞧，爱情总是这样的！活的时间的长短不能用来衡量爱，对吗？"

"您这样一说我心里舒服多了。"米琳说，叹了一口气。

虽然米琳竭力想留在柳铮老师身边，但还是不得不一年比一年更长久地待在乡下。她周围的人都知道她的病情在逐渐加重，她自己开玩笑地将这个病称为"城市恐惧症"。她对柳老师说，自己生在城市，又在城市长大，怎么会得这种病？其实她最喜欢待的地方并不是乡下，她爱城市的市容，爱车水马龙的街道，爱路边的百货店，爱超市和书店，等等。她觉得她这辈子最幸福的时光就是多年前和柳老师一块儿听京剧的那个夜晚。那时她和他手挽手在大街的人行道上溜达，她看见柳老师的脸一下子被商店射出的光线照亮，一下子又隐没在黑暗里，那情景永远刻在她的记忆里了。

"乡下同样好。"柳老师说，"等到我退休了，我们就到乡下去定居，像你妈妈一样。住在乡下，你什么病都不会有。我要筹划这件事，请相信我。"

"到那时，说不定我在乡下开一个小书店，组织一个读书会。你给了我希望，我今夜一定会睡得好。"

但她通宵未眠，这是第三天了。她不得不一早就同徐姨赶往乡下。在长途公交车上，她静静地流着泪。

柳铮老师开始着手调查米琳母亲所在乡下的办学的情况。调查的结果令他沮丧：那个地方虽属市郊，却没有一所小学或中学，富裕一点的家庭都将儿女送到邻省的一所学校去，穷孩子们则跑光了，也不知他们去了哪里。米琳认识的那两个女孩先前上过两三年学，后来她们自己不愿意上了，那学校也垮了。她们俩是唯一留在本地的小孩。柳老师想，如果让米琳离开母亲，随他去另外的乡村学校，很可能她的病情会更加恶化。

终于，米琳一年中的大部分时间都待在乡下了。即使在城里的短短两三个月里，她也常犯病。柳铮老师常常跑到乡下去，但不能久待，他的学校和学生都离不开他。

在柳铮老师的卧室里，有一张米琳的巨大的照片，是全身照，照片里的米琳站在草地上，像仙女一样美丽。

柳老师为了战胜自己对米琳的渴望，每天都工作到精疲力竭才休息。他的工作效率，他的创新的教学思维，都让同行们惊叹不已。近一两年里他慢慢认命了，他打算像这样硬挺到退休，然后去乡下，与米琳一道安度晚年。

米琳一大早就同小勤去镇上赶集，她要去买些新鲜花生回来吃。

她俩一边走一边聊天，乡间空气很好，清风吹着，各式各样的野花在路边开放。

"米琳姐姐，我打算一辈子不出嫁。除非找到像姐夫那么好看的人。这里周边根本没有年轻人，我等了好多年都没遇见一个像样子的，现在已经死心了。我妈想逼我嫁到外省去，她休想。"小勤说。

"小勤你才十四岁，早着呢。你会等到比你姐夫还好看的人。"

"我早就不等了。我和玉双，我们俩决心永不离开此地。我们爱这个地方，就在前天，我和玉双在村头的那段红墙上刻下了自己的名字。谁也别想把我们拐走。"

"你们的名字刻在哪里啊，我也想刻一个呢。"

走路时，米琳老觉得有哀婉的歌声不即不离地跟随着她。她有点羡慕这个小女孩，她是多么能把握自己啊，就像——就像柳老师带给她的那本书里头的一个人物。

"你不用刻。因为你有姐夫，不会成为孤家寡人。我和玉双不怕成为孤家寡人，我们愿意在这里活到很老很老的年纪。"

"啊，小勤，你和玉双是真正的女英雄。"米琳由衷地感叹。

"真的吗？米琳姐姐？你真是这样想的吗？"

"真的。那些人走了，因为他们不懂得这地方的美。你们留下了，因为你们的内心无比宽广，包容了整个世界。要不了多久，所有见到你们的男孩都会爱上你们。有一本书里写到一个女孩……"

"那本书的书名叫《鸣》。"小勤插嘴说。

米琳看着女孩，吃惊得合不拢嘴。

"我读过你说的那本书，"小勤坦然地看着她，"我和玉双，我们摸索出来了读什么样的书。"

米琳看着蓝天，她看到了密密的一张网在飘荡。那是同一张网，在全世界飘荡。这个小女孩身上也有一座火山。

集市上人来人往，很多人都是从邻省来的，因为本地人差不多都移居到外省去了。米琳买了她最爱吃的花生和红心萝卜。

"它们的产地是在哪里啊？"米琳问那卖主。

"就在本地。我们住在东山省，每天穿过高速路到你

们这边来种地。你们这里到处都是宝地啊。"农妇说着笑
了起来。

"可我们这里的人都往外省跑……"米琳茫然地说。

有一位英俊的猎人在对面卖山货，他的目光老是扫
向米琳，盯着她看。小勤注意到了这个情况，她有点
着急。

"米琳姐姐，我们回去吧。"

"不想多看看吗？这里的东西多么好！"米琳说。

"我得回家打猪草。"

小勤买的是两个京剧脸谱，她要将它们挂在自己的
闺房里。走在路上，她告诉米琳关于那阴险的猎人的事。
米琳说她也注意到了那猎人在看她，她感觉到那人也许
要她帮什么忙。

"根本不是。是因为你长得漂亮，他想打主意。"小
勤肯定地说，"我们这里人烟稀少，从来没出现过你这么
好看的女子。"

"那就让他打主意吧，没关系。你觉得他会伤害
人吗？"

"不知道，可能会，也可能不会。我害怕。"

米琳回到母亲家时，母亲正在用艾灸为舒伯治颈椎
痛。在烟雾缭绕中，舒伯发出惬意的哼哼声。一会儿米
琳就将花生放在香料中煮好了，端到桌子上。三个人坐

在一起吃花生。

"琳琳，你遇到猎人阿迅了吗?"母亲问。

"卖山货的那一位?"

"正是他。他向我打听过你。他在城里看见过你好几次。你迷路那回，他正打算过去帮你，可你找到了警察帮忙。"

"真奇怪，城市那么大，他怎么会注意到我?"

"猎人的方位感是最好的。"

母亲笑眯眯地看着米琳，她对于自己的女儿受到男人关注感到自豪。舒伯则声音含糊地说:"这里遍地是侠客。"

米琳使劲回忆阿迅的模样，但那形象总是模模糊糊的。

吃过中饭，米琳又来到菜地里给丝瓜浇水。她白天里总在忙碌，只有到了夜里才坐下来读书，读书时又往往忍不住停下来给柳老师打电话。有时则是柳老师打电话过来。在电话中双方就像约好了一样，都不说自己的感情，只说当天或前些天发生的事。听完电话的那些夜里，米琳总是睡得特别安宁。给丝瓜浇完水，米琳坐在太阳下的那块石头上，倾听菜地里常有的那种声音——一种像丝绸一样的沙沙响声，那是从土地的深处传出来的，每次她来菜园都能听到。米琳总是想，土地在蠕动，她多么舒适！米琳很佩服母亲的直觉，因为她一下就确定了到这个荒凉之地来定居，而她自己当初一点也没有发现这里的好处。啊，从前她多么傻！她从小在城里长大，对乡村一点都不懂。母亲和舒伯搬来后她也来过几次，并没有很深的印象。直到生病之后，她才慢慢地懂得了此地。看来她天生是属于这种地方的，这里的天空特别高，大地特别沉稳，虽然古朴，却并不哀伤。米琳来了没多久就找到了这种感觉，后来她就越来越觉得城市不可忍受了。她所结识的小勤和玉双都具有沉稳的性格，米琳甚至认为这两位女孩有通灵的倾向。大概是人烟稀少的环境造就了女孩们刚毅、独立的个性。

米琳一口气将两块菜地里的草都除掉了，满身大汗，心里无比舒畅。她洗完澡从房里出来，看见家里来了客人。

客人就是猎人阿迅。米琳大大方方地向他问好。

"阿迅是来同你商量办一家书店的事的。"母亲说。

"可是我们这里人烟稀少，谁会来买书借书呢？"米琳说。

米琳好奇地打量这位英俊的猎人，心里充满了喜悦。

"啊，不要这样说！"阿迅不赞成地摇着头，"这同人口密度没关系，因为是有关心灵的事嘛。"

"我明白了，"米琳连连点头，"您的想法真好！"

"我家里有五百本书，我明天就用车子拖过来。我注意到你们家有一间漂亮的大厢房，正好做阅览室。"

"真感谢阿迅。"母亲说，"我们家也有好些书，还有附近那几家，家家都有不少书，我们可以筹集到三千本，因为我在城里也有朋友，他们家里都有书，他们又热心公益事业。"

米琳兴奋得脸都红了。

阿迅一离开，母亲就感叹道："琳琳命中总是有贵人相助！"

"妈说得对。但那也是因为您女儿不甘沉沦嘛。"

舒伯哈哈大笑，在一旁拍起手来。

米琳在西边的大厢房里忙到深夜。她用白纸糊了墙，摆了一张桌子和一些椅子。她打算明天去邻省请木匠来做一些书柜，沿着墙摆放。米琳记得母亲和舒伯买下这套大瓦房时，这里已经很久都没住人了，所以卖得特别便宜。当时这间空空的厢房里居然住着两只老猫，一黑一黄。后来母亲和舒伯就开始喂养它们了。它们现在长得皮毛溜光，成了长寿猫。米琳想象这里以后成了阅览室，猫儿来凑热闹的情景，不由得微笑起来。这时母亲叫她了。

是柳老师来电话了。他说他晚饭后来过电话，因为她在忙活，他就让母亲不要叫她。

"米米，我太高兴了！我感觉到你又回到了我们刚认识时那天的状态。我明天过来帮忙吧。"

"不，不要来。明天请木匠来做书柜，我一个人就可以搞好。你等着瞧吧。这一回我要当英雄。我爱你，晚安。"

"我也爱你。"

挂上电话后，米琳有点惆怅，不过只是一瞬间就过去了。她走到黑糊糊的院子里，想象她刚认识柳老师的那天夜里同他游马路的情景。那该是多么幸福美好的情景。现在在乡下，她的生活仍然是美好的，这么多的爱。她后悔自己先前不珍惜生活，心胸不宽广，拖累了柳老师和母亲。黑暗中有老猫在游走，它们故意用肥硕的身子擦着她的腿，令她十分感动。

她一上床便睡着了，睡得很香。当她进入浅睡眠的状态时，就听到下面的黑土发出熟悉的沙沙声，很像催眠曲。"米，米，米……"远处的黑土这样回应着。

过了十来天书柜做好了，漆上了清漆，一共有八个，摆在房里很像样，将地上铺的瓷砖也衬托得很清爽。阿迅送来的书全部摆进去了，母亲从城里运来的书也摆进去了。还有方圆几十里的七八个邻居也送了一些书来，不知道他们是如何得到消息的。一位老人说："我们桐县还是很有实力的。"他这句话令米琳十分感动。米琳不由得竭力想象，桐县在世界上占据着一个什么样的位置？

柳铮老师也推着一板车书来了。他一进屋，打量着身穿工作服、容光焕发的米琳，心里有说不出的惊讶。"太好了，米米！太好了……"他一连声这样说，用力亲吻着久违的爱人。两个人又忙到深夜，将那些书分类摆放，并开始做卡片。米琳打算好了，暂时先只办一个阅览室，等今后有了资金再进新书。

夜间，倾听着水塘里鱼儿的跳跃，米琳轻轻地问柳老师："你推测一下会有什么样的读者到来？"

"我想，应该是那些向往永恒事物的人吧。这类人往往散居在荒凉的乡下。比如你妈和舒伯。"

"我马上要睡着了。晚安。"

但柳老师很长时间都没睡着，他紧张地追随着米琳的梦境，他在那里面看到了很多星星，还有一些形状奇特的洞穴。他暗想，从前他对米琳的理解是多么肤浅啊。米琳在睡梦中还抓着他的手，像小孩一样对他无比信赖。在这个幸福的良宵，柳老师在梦里哼起了京剧《尤三姐》，他的境界一阵一阵地发出光辉。

柳铮老师没能等到读者的到来，他只好先回城里去了。他在城里的公交车上遇见了梅林老师。柳老师很尊敬梅林老师，他认为梅林老师是一位才华横溢的资深教育工作者，他的很多观念同自己不谋而合。但两位老师面对面时并没有热烈地交谈，其原因主要在梅林老师——他是个内敛的人。

"我见到您的女友米琳了。"他忽然对柳老师说，"是我女儿指给我看的，她有一种特别的美。"

柳老师笑逐颜开。

柳老师下了公交车就往家里赶。他正在搞教材改革，学校的工作堆积如山，最近他连睡眠都牺牲了好多。

柳铮老师离家越近心情越沉重，他不知道前方有什么样的噩运等待着他，也不知道他是否面临某个命运中的转折。他的朋友向他提起米琳，也许是凑巧，也许有他没料到的深层原因。

一进家门他就将自己投入工作中，他咬着牙，什么都不去想，只想工作。他一直工作到早上三点钟才停下来，然后去冲了个冷水澡，回来继续工作。三点二十分的时候米琳来电话了。

"我猜出来你还没有睡觉。我嘛，是因为兴奋睡不着，不过这是良性的，我能感到……你睡一会儿吧，宝贝，你的身体不是铁打的，你要是病倒了，我会多么伤心。"

"好，我马上睡。你听，我上床了，我的眼睛快睁不开了，宝贝，我多么爱你，晚安。"

　　但是他睡不着。他想起从前他从高高的树枝上抢救过一只黑白两色的小猫，猫偎在他怀里发抖的那一瞬间，天多么蓝，四周多么寂静。

　　天刚亮的时候，他睡着了一会儿，然后又醒来了。他今天有课。